# 核盾牌：国家最高决策（1949—1996）

彭继超 伍献军 著

中国青年出版社

氢弹试验现场。

原子弹爆炸后逐渐变化的烟云。

向周恩来总理汇报氢弹爆炸成功。

氢弹蘑菇云。

# 目 录

1966年9月，正逢红卫兵串联和"文革"高潮，周恩来严令：任何人不准靠近这趟列车！

1966年10月，钓鱼台宾馆，原子弹、导弹"两弹"结合飞行试验获毛泽东最后批准。

1966年10月27日凌晨，酒泉，一切就绪……

## 十三 /

**239** 毛泽东说氢弹也要快；邓小平说看来我这个任务非完成不可了；科技人员提出要响在法国前面。

1964年，第一颗原子弹炸响后，周恩来说："三年才能爆炸氢弹，太慢了，要快！"

1966年，聂荣臻派兵把守研究所宿舍大院；周恩来指示，一些从事机密工作的专家，名字不许上大字报。

1967年2月，聂荣臻建议，周恩来同意对西宁221厂实行军事管制。

1967年6月17日8时，试验场地上空出现了一个白色圆柱体……

## 十四 /

**289** 毛主席说八公里也了不起；周总理嘱咐一颗螺丝钉也不能放过；每个电线杆下都站着一个民兵。

1965年5月，"文革"动乱高潮中，将卫星研制列入国家计划。

1966年11月，聂荣臻要求导弹试验基地接管卫星地面观测台、站的筹建工作。

1970年4月24日21时48分，东方红乐曲响起在太空。

# 一

## "比一千个太阳还亮"

1945年8月，美国在广岛投下第一颗原子弹。

1949年8月，苏联进行第一次原子弹试验。

1952年10月，美国进行第一次氢弹试验。

毛泽东说，中国手里连一颗原子弹也不愿意有。

但中国，却不得不开始研制自己的原子弹。

当1900年的钟声敲响的时候，无论是东方还是西方，人们都没意识到世界将进入核时代，天才的科学家们正在为原子核这个东西是否存在而争论不休。

原子，Atom，这个希腊文名词的意思是"不可分割"。自从希腊哲学家在2500年前首先提出"原子论"之后，原子"不可分割"的概念在蒙昧和宗教的迷雾中沉睡了两千年。直到1661年，英国化学家波义耳（Robert Boyle）提出了化学元素的概念，人类才开始了对那神秘的微观世界的科学探索。

1896年，天然放射性的发现拉开了揭示原子内部奥秘的序幕；

1897年，英国科学家汤姆逊证实了电子的存在，从而推翻了原子不可分的概念；

1902年，居里夫妇发现了自然界放射性现象并指出了放射能的强度；

1905年，爱因斯坦提出了"狭义相对论"以及质量和能量的关系式$E=mc^2$；

1911年，英国科学家卢瑟福提出了一种新的原子模型；

1913年，丹麦著名理论物理学家玻尔提出原子结构的量子化轨道理论；

1919年，卢瑟福首次实现人工核反应，用α粒子轰击氮核打出了质子；

1929年，英国物理学家考克饶夫和瓦尔顿制造成功第一台"静电加速器"；

1931年，美国物理学家劳伦斯设计制成第一台"回旋加速器"；

1932年，美国化学家尤里发现氘——重氢；

1932年，英国物理学家查德威克从粒子轰击铍核的实验中发现"中子"；

1935年，美国物理学家登普斯特发现铀中有0.7%铀原子属于一种较轻的同位素铀-235；

1938年，德国物理学家哈恩和施特拉普斯曼在研究中子与铀核作用新形成的各种放射性元素中发现了铀的裂变现象；

1939年，约里奥·居里提出铀核裂变链式反应的可能性；

1940年，苏联科学家哈利顿和捷利多维奇提出了维持铀核裂变链式反应的条件，苏联进行了世界上第一次铀核裂变链式反应试验。

核时代从科学家的绘图板上和实验室里一步步走来了……

然而，直到1945年7月16日，原子之火在美国新墨西哥州的那片沙漠中爆发惊天巨响的时候，那些盗火的普罗米修斯们还并不清楚他们究竟带给人间什么礼物。

地球上第一颗原子弹问世了。

在爆炸地点南面约10公里的隐蔽指挥所里，奥本海默倚在一根柱子上，不禁联想起印度圣诗《勃哈加瓦基达》中的一段：

漫天奇光异彩

有如圣灵呈威；

只有一千个太阳，

才能与其争辉。

当巨大的蘑菇云腾空而起，他又想到了这首诗的另一行：

我是死神，是世界的毁灭者。

对于千千万万的普通人来说，认识核这个可怕的怪物却是从广岛开始的。

科学家们像《一千零一夜》中那个渔夫一样，想把被他们释放出来的魔鬼在肇祸之前装入瓶中。著名科学家爱因斯坦和西拉德曾向美国总统罗斯福建议制造原子弹；德国投降后，他们又写信给罗斯福总统，反对使用原子弹。然而，这已经晚了。当罗斯福的灵柩运往华盛顿的时候，这封信仍放在他的办公桌上未曾拆开。

而美国制造原子弹的曼哈顿工程的负责人格罗夫斯将军则一直把建议使用原子弹看做自己的责任。从1945年初，他给人们的印象就是唯恐战争在他的原子弹制造出来之前结束，使历时3年、耗资20亿美元、60万人参加的巨大工程成为一种毫无意义的金钱挥霍。那么，赞扬和荣誉都可能变成嘲笑和指责。

新上任的杜鲁门总统说了一声"干吧"，就解决了一场关于要不要投原子弹的争执。

1945年8月9日，在原子弹投在长崎的当天，美国总统杜鲁门向自己

苏联的第一颗原子弹，2.2万吨TNT当量。

苏联的第一颗氢弹，40万吨TNT当量。

的同胞们发表广播讲话时说："我们感谢上帝，我们有了原子弹而敌人没有；我们要向上帝祈祷，让上帝告诉我们，照他的意志和为了实现他的目的应当怎样使用这种武器。"

其实，手握核大权的杜鲁门总统把自己当成了"上帝"。

美国用核爆炸的音响效果作为自己的外交语言，进行赤裸裸的恫吓和讹诈；世界核军备竞赛轮番升级，愈演愈烈；人为的地震波无情地摇撼着小小的地球，核威胁的阴影日夜在天空游荡……

1949年8月29日，苏联进行了第一次原子弹试验；

1952年10月3日，英国进行了第一次原子弹试验；

1952年10月31日，美国进行了第一次氢弹试验；

1953年8月12日，苏联进行了第一次氢弹试验；

1960年2月13日，法国进行了第一次原子弹试验……

从1947年起，美国芝加哥大学《原子科学家公报》的封面上每期都画有一只钟表，根据世界风云变幻把表针拨到离午夜十二点——世界末日——的一定刻度上；1945年《纽约时报》报道第一颗原子弹爆炸的题目就是《末日即将来临》！

原子弹真的使人类面临末日吗？

"比一千个太阳还亮"——这世界上最壮观也最可怕、最美丽也最残酷的景象就在人们眼前，不管你喜欢不喜欢，都不能不看！

当美国用原子裂变的火球将人类带入核时代，中国共产党人正带领中华民族用小米加步枪为自由、解放浴血奋战。

在中国西北黄土高原的窑洞里，那双明察秋毫的眼睛正在煤油灯下注视着世界。

他就是毛泽东。

美国原子弹"胖子"（右）和"小男孩"（左）。

直到今天，这个世界上还没有哪一个人能像毛泽东那样，对原子弹这东西有那么精辟的见解，有那么大气、那么从容的心胸。

1945年8月13日，美国在广岛投下原子弹才一星期，日本刚刚宣布投降，毛泽东就站在延安的窑洞前对欢庆抗日战争胜利的人群谈到了原子弹。毛泽东说："美国和蒋介石的宣传机关，想拿两颗原子弹把红军的政治影响扫掉。但是扫不掉，没有那样容易。原子弹能不能解决战争？不能。原子弹不能使日本投降。"

"只有原子弹而没有人民斗争，原子弹是空的。假如原子弹能够解决战争，为什么还要请苏联出兵？为什么投了两颗原子弹日本还不投降，而苏联一出兵日本就投降了呢？我们有些同志也相信原子弹了不起，这是错误的。这些同志看问题还不如一个英国贵族。英国有个勋爵，叫蒙巴顿。他说，认为原子弹能解决战争是最大的错误。我们这些同志比蒙巴顿还落后。这些同志把原子弹看得神乎其神，是受了什么影响呢？是资产阶级的影响。这种影响是从哪里来的呢？是从资产阶级的学校教育中来的，是从资产阶级的报纸、通讯社来的。"

1946年8月6日，毛泽东在和美国作家安娜·路易斯·斯特朗的谈话中，发表了"一切反动派都是纸老虎""原子弹是纸老虎"的著名论断。

在谈话间，斯特朗问起毛泽东对美国拥有原子弹的看法。

毛泽东说："原子弹是美国反动派用来吓人的一只纸老虎，看样子可怕，实际上并不可怕。当然，原子弹是一种大规模屠杀的武器。但是决定战争胜败的是人民，而不是一两件新式武器。"

毛泽东对"纸老虎"这个词特别感兴趣，他停下来看看这位美国记者是否领会了它的确切涵义。陆定一最初把它译成Scarecrow（稻草

毛泽东主席是中国"两弹一星"事业的最高决策者和领导人。

搞一点原子弹、氢弹、洲际导弹，我看十年功夫完全可能。（1958年6月21日在中央军委扩大会议上的讲话）

大国打世界大战的可能性是有，只是因为多了几颗原子弹，大家都不敢下手。（1970年5月11日会见越南劳动党第一书记黎笋时的谈话）

人）。毛泽东让陆定一停下来，要斯特朗解释Scarecrow是什么意思。

斯特朗说："是'稻草人'，农民把它竖到田里吓唬鸟。"

毛泽东说："这样译不好，这不是我的意思。纸老虎不是呆在田里赶鸟用的，而是吓唬小孩子的。它的样子像一只凶猛的野兽，但实际上是纸糊的，一见水就软。"

马海德在一旁听出了二者的不同，插话道："不是Scarecrow（稻草）而是Paper-Tiger（纸老虎）。"

毛泽东点头笑了，说马海德讲得对，是"拍拍太根儿"。

在以后的岁月中，毛泽东不止一次地说到原子弹，说到"纸老虎"——"拍拍太根儿"。

当1964年10月中国第一颗原子弹爆炸成功之后，1965年1月9日，毛泽东在人民大会堂会见了另一位来访的美国记者埃德加·斯诺，同他进行了4个小时的交谈。斯诺问："你现在还认为原子弹是纸老虎吗？"

毛泽东说："那只是一种说话的方式，一种形象化的说法。当然，原子弹能够杀人。但最后人将消灭原子弹。到那个时候，它就真的变成了纸老虎。"

斯诺问："有人引用过你的话，说是因为中国人口众多，所以不像别的国家那样害怕原子弹。别的国家的人可能全部被消灭了，但中国还会有两三亿人留下来，重新再干。这种报道有任何事实根据吗？"

毛泽东答道，他记不起说过那样的话，但是他可能说过。他想起了尼赫鲁访华时（1954年10月）同他的一次谈话。根据他的记忆，他说过中国不要战争。他们都没有原子弹，但是如果其他国家要打仗，那么，全世界将遭大灾难，也就是要死许多人。究竟死多少，谁都无法知道。他不是单讲中国。他不相信一颗原子弹会使整个人类毁灭，以致要想找一个政府来谈和平都找不到。他同尼赫鲁谈话的时候，曾谈到过这一点。尼赫鲁说，他是印度原子委员会的主席，原子能的破坏力量他是知道的。他确信没有一个人能生存下来。毛泽东回答说，大概不致像尼赫鲁所说的那样吧。原有的政府也许消失了，但别的政府会起来代替它们的……

斯诺认为，毛泽东最后一句话的更深刻的含义是，即使人类从地球上消灭了（进行大规模的自杀），可是生命绝对不可能被人类所造的原子弹消灭。当谈到裁军问题，毛泽东说："中国只进行过一次原子弹爆炸，但也需要加以证明，一颗能分两颗，这样地分下去，以至无穷。但是中国不希望有一大堆原子弹。既然未必有哪个国家敢于使用原子弹，所以它们是毫无用处。为科学实验，有少数几个也就够了。中国手里连一颗原子弹也不愿意有。"

毛泽东不愿意有原子弹；

中国不愿意有原子弹；

中国却不得不研制自己的原子弹。当核讹诈的大棒在头顶上晃来晃去的时候，一个受尽苦难却不甘屈辱的民族不愿光着脑袋仰望别人的核保护伞。

# 二

## 毛主席说："这是决定命运的。"

1951年，约里奥·居里夫人请人转告毛主席："你们要反对原子弹，你们必须要有原子弹。"

1953年5月，朝鲜战争僵持，美国国家安全委员会批准军方可直接向中国和东北地区使用原子武器。

1954年秋，一块铀矿石被送到中南海毛泽东办公桌上。

1955年元月，中南海西花厅，周恩来请来了李四光、钱三强。

中国进行试验，发展核武器是被迫而为的。

1950年9月，美国前副总统华莱士以友人身份给毛泽东写了一封信，说什么"如果新中国在学会制造卡车和拖拉机之前先学会了制造坦克，这将是一个世界的悲剧"。可是，就在这封信到达北京的同时，在两个月的时间内，美国的飞机已侵入中国12次，美国的炸弹已扔到了鸭绿江边。

周恩来在全国政治协商会议上说："是敌人不许我们建设，逼得我们不能造拖拉机。"

毛泽东整整思考了三天三夜，毅然决定派遣中国人民志愿军抗美援朝，保家卫国。

这场战争是美国第一次没有凯旋班师的战争，尽管美国使用了除原子弹以外的所有武器。中朝两国人民和军队则以人民战争和巧妙的外交，制服了美国现代化的军事力量。

美国参谋长联席会议主席布雷德利将军说："老实说，这是一场军事上的奇灾大祸，这是在错误的地点、错误的时间同错误的敌人打的一场错误的战争。"

中国人民志愿军跨过鸭绿江。

尽管直到1953年7月27日在停战协定上签字，美国也没能投下原子弹，但在战场上和谈判桌上美国却不止一次地挥舞着核大棒对中朝人民进行赤裸裸的讹诈和威胁，把世界推向核战争的边缘。

1950年11月24日，美国侵略军总司令麦克阿瑟指挥"联合国军"越过三八线大举进攻，直扑鸭绿江边。他对将士们许诺说："战争即将结束，你们可以回家去吃圣诞节晚餐。"没想到，在圣诞节的第二天，"联合国军"又被中朝联军赶到三八线以南。

气急败坏的麦克阿瑟建议美国政府"宣布承认中国当局强加于我们的战争状态"，他还提议宣布之后跟着就把"30到50个原子弹投到（满洲的）空军基地和其他敏感的地点"，他还建议在击败中国人后应沿鸭绿江设置一条"放射性钴地带，以防共产党再入侵朝鲜"。

其实，战争爆发以来，五角大楼就一直在研究可能使用原子武器的环境。1月20日，亦即麦克阿瑟发动攻势前一个星期，美国陆军参谋长劳顿·柯林斯将军对同事们说："据信很快就会请参谋长联席会议就在朝鲜使用原子弹的问题发表意见。也可以想象，在中国共产党发动全面攻势的情况下，对部队和物资集结地使用原子弹，也许是使联合国军守住一条防线或尽早地进行一次向满洲边境推进的决定性因素。"他建议就使用核武器的可能性进行研究。

在中国人民志愿军参战后的一星期的时间里，参谋长联席会议显然没有就柯林斯的建议采取任何行动。参谋长联席会议秘书莱勒海军少将向联合战略研究委员会递交了一份"优先"请求。他请求就可能使用的原子弹的数量、目标地区以及关于"使用时间和运输方式"等考虑提出见解。他还请求就"事先提出或不提出最后通牒而对中国使用常规或原子炸弹"的问题提出意见。

11月30日，参谋长联席会议的工作人员还在研究这一问题时，杜鲁门总统就在一次记者招待会上引发对核武器的讨论。

问（《纽约时报》记者安东尼·莱维罗）：总统先生，进攻满洲是否有赖于在联合国的行动？

总统：是的，完全是这样。

问（莱维罗）：换句话说，如果联合国授权麦克阿瑟将军向比现在更远的地方推进的话，他会这样做吗？

总统：我们将采取任何必要的步骤，以满足军事形势的需要，正如我们经常做的那样。

问（《纽约每日新闻》记者杰克·多尔蒂）：这是否包括使用原子弹？

总统：这包括我们拥有的任何武器。

问（《芝加哥每日新闻》记者保罗·利奇）：总统先生，你说的"我们拥有的任何武器"，是否意味着正在积极考虑使用原子弹？

总统：一直在积极考虑使用原子弹。我不希望看到使用它。这是一种可怕的武器，不应将其用之与这场军事入侵毫无关系的无辜的男人、妇女和儿童——而如果使用原子弹，就会发生那样的事。

问（合众社记者梅里曼·史密斯）：总统先生，我想再回到刚才提到的原子弹的问题上。你说在积极地考虑使用原子弹，我们清楚地理解了你的意思了吗？

总统：我们一直在积极地考虑，史密斯。这是我们的一种武器。

问（国际新闻社记者罗伯特·狄克逊）：总统先生，你们刚才说这有赖于联合国的行动，这是不是意味着除非联合国授权，否则我们便不能使用原子弹？

总统：不，完全不是那种意思。对共产党中国的行动有赖于联合国的行动。但是，战场上的军事指挥官将改变武器的作用，正如他以前常常做的那样。

美联社和合众社把杜鲁门的这番话飞快地传遍世界，《华盛顿邮报》的爱德华·福利亚德写道，"这在国内外"引起了"一片混乱"。英国官员说，这种说法使他们"大为震惊"，他们认为这意味着难以捉摸的麦克阿瑟现在可以随心所欲地对中国人使用原子弹。

不管杜鲁门的动机如何，他的言论却在英国引起了轩然大波，大约一百名工党议员在一封递交给克莱门特·艾德礼首相的信上签名，反对在任何情况下使用原子弹。

在辩论中，艾德礼的助手发狂似地给美国使馆打电话。首相说，他准备会见杜鲁门，以讨论共同关心的问题。总统很快就同意了，议会中的紧张气氛暂时得到缓解，休会时爆发了一阵欢呼。

杜鲁门关于核武器的谈话使匆匆前往美国驻联合国大使奥斯汀那里的其他西方大使们极为震惊。荷兰代表"含着眼泪"问他是否有机会避免战争。

在国际舆论的压力下，尽管杜鲁门总统经常公开保证不在朝鲜使用原子武器，但是在1950年12月，未装配好的原子弹悄悄地运到了一艘停泊在朝鲜半岛附近的美国航空母舰上。美国飞机还对北朝鲜进行了模拟

西线志愿军向美军发起全面进攻。

核袭击，作为打原子弹战争的应急计划的一部分。

1953年，朝鲜战争一直处在僵持状态，打打谈谈，谈谈打打，新上台的美国艾森豪威尔政府几乎使使用核武器变成了现实。

1月中旬，新墨西哥州核试验场的科学家们激动地报告：一种适用于大口径火炮发射的原子弹头一次爆炸成功，这意味着核武器既可以用于战略目的，也可以用于战术目的。这一消息使参谋长联席会议立即重新考虑核政策，它在过去两年中常常把使用原子弹当成不现实的方案加以反对。尽管参谋长联席会议还没有准备马上提出使用这一新的战术核武器的建议，但是5月27日的一份研究报告中一段措词小心的文字，表明了他们思想中出现了本质的变化：

> 在推进美国与朝鲜有关的目标时以更小的努力换取更大的成果的过程中，原子武器所起的作用表明有必要来重新估计限制在远东使用原子武器的政策。
>
> 鉴于在远东发展一种有效的常规能力这一概念的扩展，不失时机地使用原子武器应当被考虑来针对那些影响到在朝鲜的行动的军事目标，而且从军事行动上说，应当被规划为附属于涉及到向中国和满洲采取直接行动的任何可能的军事行动方针的一部分。

5月19日，参谋长联席会议提议"直接向中国和满洲"采取空军和海军行动，包括使用原子武器。联席参谋长们认为，时机选择是头等重要的。所有必要的行动，包括"战略和战术上广泛使用原子弹"，都必须实施得以产生"最大限度的突然性和最大限度的冲击性"。第二天，

5月20日，国家安全委员会批准了这些建议。

凑巧的是，国家安全委员会采取这一行动时，杜勒斯正在作他的中东和亚洲之行。他挑印度作为他警告要使用原子武器的一个讲坛。在同尼赫鲁总理的一次谈话中，杜勒斯表示，应当警告中国总理周恩来，如果不能达成停战协议，美国就要轰炸鸭绿江以北的满洲庇护所。杜勒斯还提到了美国成功试验了核炮弹，其口气强烈地表明美国将会毫不犹豫地在朝鲜使用这种武器。在此之前，装有核弹头的导弹已经运到冲绳岛。

在朝鲜战争结束之后的1954年，美英等国再一次考虑对中国使用核武器。1985年1月2日，美联社曾发布过这样一条新闻："据昨天发表的1954年英国政府文件说，美国、英国、法国、澳大利亚和新西兰的军事领导人30年前曾考虑过对中国使用核武器的可能性。这些文件是伦敦档案局30年后根据法律许可发表的。它表明，1954年美国曾对丘吉尔首相的政府施加很大的压力，要求它加入一个拯救法国人的联盟……"

英国的参谋长们在向丘吉尔内阁的国防委员会提交的一项秘密报告中说，这次会议决定："如果由于中共入侵东南亚而突然爆发对华战争，我们将立即对军事目标发动空袭。为了取得最大限度的持久效果，从战争一开始就将既使用常规武器，也使用核武器。"

在以后的岁月中，蘑菇云的阴影一次又一次地在中国的大门口游荡——

1955年3月，美国总统艾森豪威尔在一次新闻发布会上宣称，如果远东发生战争，美国当然会使用某些小型战术核武器；3月25日，美国海军作战部长罗伯特·卡尼海军上将向报界透露说，美国已拟定了一个向中国全面发动进攻的计划。

1958年9月，当我中国人民解放军炮击金门的时候，艾森豪威尔于9月4日批准了一份文件，明确地讨论并接受使用核武器的可能性；美国向台湾海峡地区大量增兵，将能装上核弹头的8英寸榴弹炮运抵金门；1968—1970年，美国多次进行针对中国的核战争演习；1963年，当中国即将进行第一次核试验时，美国一些人鼓吹对中国进行先发制人的打击；1969年，当中苏边界发生冲突时，苏联一些领导人也企图对中国进行外科手术式的核打击……

面对核大国赤裸裸的恫吓和威胁，毛泽东的回答是：美国的原子讹诈，吓不倒中国人民。在1955年一次同外国驻华大使的谈话中，毛泽东说："我国有六亿人口，有九百六十万平方公里的土地。美国那点原子弹，消灭不了中国人。即使美国的原子弹威力再大，投到中国来，把地球打穿了，把地球炸毁了，对于太阳系说来，还算是一件大事情，但对整个宇宙说来，也算不了什么。我们有一句老话，小米加步枪。美国是飞机加原子弹。但是，如果飞机加原子弹的美国对中国发动侵略战争，那么，小米加步枪的中国一定会取得胜利。全世界人民会支持我们。"

善良的人们把和平的希望寄托于新中国。1951年曾担任第一次世界保卫和平大会主席的法国杰出的科学家、居里夫妇的女儿约里奥·居里夫人，对即将返回祖国的中国放射化学家杨承宗说：

"你回国后，请转告毛泽东主席，你们要反对原子弹，你们必须要有原子弹。原子弹也不是那么可怕的，原子弹的原理也不是美国人发明的。"

约里奥·居里夫人还将亲自制作的10克含微量镭盐的标准源送给杨承宗，作为对中国人民开发核科学研究的一种支持。

铀，是实现核裂变反应的主要物质。铀元素是法国科学家克拉普罗特于1789年发现的，恰巧当时发现了天王星，这种元素就以天王星命

化学家杨承宗。

1951年居里夫妇的女儿约里奥·居里夫人对即将返回祖国的杨承宗说："你回国后，请转告毛泽东主席，你们要反对原子弹，你们必须要有原子弹。原子弹也不是那么可怕的，原子弹的原理也不是美国人发明的。"

铀矿山工棚。

名，"铀"就是天王星英文的第一个字母"U"的音译。

有没有铀矿资源，是一个国家能不能自力更生发展核工业的一个重要前提。

1954年秋，广西发现了铀矿。那些风餐露宿的地质队员们没有想到，他们采集的铀矿石竟会那么快地飞到中南海毛泽东的书桌上。

谈起50多年前的故事，当时任地质部副部长的刘杰记忆犹新，他激动地告诉我们："那是1954年的秋天，我们的地质专家把在广西采到的铀矿石标本送到了北京。那个矿是次生矿，开采价值不大，但这证明了我们中国的土地上有铀，有次生矿就很可能找到原生矿。当时大家都很高兴，很激动。当时地质部有个苏联顾问，眼睛都瞪大了，很高兴，也很神秘地说，要把矿石标本藏起来，带回苏联去研究。我把这个情况向中央、向周总理汇报了。没想到这么快，第二天就接到通知，让我到中南海去汇报，毛主席一定要亲自看一看铀矿石。这说明主席、中央对这件事情是多么重视。具体时间记不清了，反正是10月之前，天还不太凉，还能穿丝绸衬衣。接到通知后马上带一块铀矿石，还带着一个测放射性的盖革计数器，到中南海毛主席的办公室，就是丰泽园菊香书屋那间办公室。听汇报的有主席、少奇同志、总理，我记得好像还有朱老总。毛主席详细地询问了勘探情况，看了铀矿石显得很兴奋。那块矿石有拳头这么大，是黄绿色，当时我们也不懂防护，铀矿石就放在毛主席的桌子上。我记得当时还给几位中央领导说，看完了，大家要洗洗手。毛主席将这块铀矿石标本拿在手上，掂了又掂。他亲自用盖革计数器测量铀矿石，高兴地对我们说：'我们的矿石还有很多没发现嘛，我们很有希望，要找，一定会发现大量铀矿。'毛主席还说：'我们有丰富的矿物资源，我们国家也要发展原子能。'汇报完了，毛主席很高兴，站起来，同我们握手。在门口，毛主席握着我的手，笑着说：'刘杰呀，这个事情要好好抓哟，这是决定命运的。'回到部里，这句话我没传达，后来也没传达，当时觉得毛主席是给我开玩笑，讲的一句笑话，毛主席一直讲原子弹是纸老虎，怎么又讲是决定命运的呢。现在回想起来，这句话确实很重要，这里面包含着毛主席战略上藐视、战术上重视的战略指导思想。"

从讲"原子弹是纸老虎"到说"这是决定命运的"，毛泽东整整思考了8年。他以伟大战略家和哲学家的目光关注着五洲四海的政治风云，也关注着微小原子核释放的能量对人类前途和命运带来的影响。他常常同专家和教授们一起兴致勃勃地探讨微观世界的秘密，后来西方科学家把一种新发现的基本粒子称做"毛粒子"。在那次汇报后不久，毛主席、党中央毅然作出了发展原子能事业的战略决策。

1955年1月14日，中南海，西花厅。

周恩来在召开一个小型会议。参加这次会议的有国务院副总理薄一波，地质部部长、科学院副院长李四光，地质部副部长刘杰，物理研究所所长钱三强。

周恩来全神贯注，先请李四光汇报铀矿的勘查情况，然后请钱三强介绍原子核科学研究的状况。他详细地询问了原子反应堆、原子弹的原理和发展这项事业的必备条件。

"毛主席要听取这方面情况的汇报，明天你们还到这儿来。"周恩来最后安排说，"要做点准备，简明扼要，把问题说清楚。地质部可以带点矿石，三强可以带简便的仪器做汇报表演。"

当晚，周恩来给毛泽东写了一封信：

　　主席：今天下午约李四光、钱三强两位谈过，一波、刘杰两同志参加，时间谈得较长，李四光因治牙痛发烧，故今晚不可能续谈。现将有关文件送上请先阅。最好能在明日（十五）下午六时后约李四光、钱三强一谈，除书记处外，彭、彭、邓、一波、刘杰均可参加，下午三时前，李四光午睡。晚间，李四光身体进行不了。请主席明日起床后通知我，我可先一小时来汇报一下今日所谈，以便节省一些时间。

周恩来

十四晚

周恩来总是这样细心地关心照顾科学家，早在1949年11月15日，新中国刚刚成立一个半月，他就特意写信给新华社驻布拉格分社社长吴文焘和驻苏大使王稼祥，安排保护李四光回国：

吴文焘并告王大使：

李四光先生受反动政府压迫，已秘密离英赴东欧，准备返国，请你们设法与他接触。并先向捷克当局交涉，给李以入境便利，并予保护。

周恩来

十一月十五日

而现在，在作出历史性的重大战略决策的前夕，周总理连李四光牙痛、午睡这样的细节都想到了。

第二天，李四光、钱三强等人按时来到丰泽园。

这是一次专门研究发展我国原子能事业的中央书记处扩大会议，刘少奇、周恩来、朱德、陈云、彭德怀、彭真、邓小平、李富春、薄一波等中央领导人都参加了会议。

毛泽东主持会议，开门见山："今天，我们这些人当小学生，就原子能的有关问题请你们来上一课……"

李四光取出了黄绿色的铀矿石，说明铀矿资源和发展原子能的密切关系以及勘察发现铀矿石的有关情况。

中央领导人一个一个传看着铀矿石标本，感到很普通的石块，会含有那种神秘的东西，会产生那样惊人的能量？这对于来自井冈山和延安的老革命家是非常新鲜的。

钱三强汇报了全世界核物理学的研究和发展情况以及我国这几年的准备工作，然后把探测仪器放在桌面上，又把一小块放射源放在口袋里，然后从桌旁走过，探测器便立刻发出"嘎嘎……"的轻微响声。这时大家都高兴地笑起来。有的兴趣正浓，也接过来试了一试，也发出了同样的响声。有的领导提出这样那样的问题，气氛十分活跃。

当钱三强讲到攻破原子核发生链式反应所引起的震动，以及核物理研究成果将对整个社会发展所引起的巨大推动作用，更加引起了与会者的注意。

毛泽东点燃一支香烟，开始做总结性讲话："我们国家，现在已经知道有铀矿，进一步勘探一定会找出更多的铀矿来。解放以来，我们也训练了一些人，科学研究也有了一定基础，创造了一定条件。过去几年其他事情很多，来不及抓这件事。"

毛泽东思考着，强调说："这件事总是要抓的。现在是时候了，该抓了。只要排上日程，认真抓一下，一定可以搞出来。"

毛泽东看看大家，接着说："你们看怎么样，现在苏联对我们援助，我们一定要搞好！我们自己干，也一定能干好，我们只要有人，又有资源，什么奇迹都可以创造出来！"

大家一致拥护毛泽东的意见，对发展原子能事业表示了极大的决心。毛泽东突然话题一转，向钱三强提出了原子内部的结构问题：

"原子核是由中子和质子组成吗？"

"是这样。"

"质子、中子又是什么东西组成的呢？"

钱三强一时答不出话来。会议以前，尽管他曾有所准备，但是，毛泽东所提出的问题，是从来没有人研究过的，也是从来没有人提出过的。

钱三强如实回答说："根据现在科学研究的最新成果，只知道质子、中子是构成原子核的基本粒子。基本粒子，也就是最小的，不可分的。"

"它们是不可分的吗？"

"现在的研究，是这样。能不能分，还没有被认识。"

毛泽东缓缓地抽着香烟，思考着说："我看，不见得。"他带着商量的口气说："从哲学的观点来看，物质是无限可分的。质子、中子、电子，也应该是可分的。一分为二，对立的统一嘛！不过，现在实验条件不具备，将来会证明是可分的。你们信不信？"

钱三强静静地听着，大家也都静静地听着、思索着。

"你们不信，反正我信。"毛泽东微笑着，抽着烟，在认真地谈着他最感兴趣的哲学问题……

吃饭的时候到了，大家来到餐厅，餐厅里摆了三桌饭菜。

毛泽东坐在钱三强这一桌，他的右边是彭真，左边是李四光，钱三强坐在他的对面。李四光本来是一口普通话，今天改用地道的湖北话，与毛泽东谈笑自如，十分开心。

"三强的父亲，是钱玄同。"彭真向毛泽东介绍说。

毛泽东微笑着点点头。

"钱玄同是北大的教授，主席那时也在北大，见过面没有？"

"知道，但是没有见过面。"毛泽东微笑着回答了彭真。接着对钱三强说："最近我看了一本书，有你父亲写的文章，《<新学伪经考>序》。"

"父亲写这本书时，我在读高中，听他说过。他写这篇序，很认真，下了不少功夫。"

"钱先生在他的文章里，批评了他的老师章太炎。"

钱三强记得，爸爸与章太炎的关系是很好的，很尊重这位老师。在这篇序里，爸爸是怎样反驳这位老师的钱三强并不太清楚。

"《新学伪经考》是康有为的著作。他说许多古书都是经过后人篡改过的。章太炎对这本书有反对意见。"毛泽东解释说，"钱先生为这本书作了长序，这篇文章代表他对经学、今文古文问题的成熟见解。他的文章中提出：总而言之，我们今后解经，应该以'实事求是'为鹄的，而破除'师说''家法'……钱先生就在这篇长序里，反驳了他的教师章太炎。有这种勇气，这是很不易的！"

开始上菜了。周恩来请客，往往一个海碗里有肉、豆腐，再加两个菜盘就开饭。今天是毛泽东请客，摆了六个菜，毛泽东平时滴酒不沾，这次却特意斟了一杯红葡萄酒。毛泽东站起身来，举起酒杯大声说："为我国原子能事业的发展，大家共同干杯！"

这次会议极为保密，现在查到的仅有的文献就是周恩来总理工作台历上的几行字和他写给毛主席的那封信。

就从这一天起，中国开始了研制核武器的艰巨而又伟大的历史征程。

后来，毛泽东发表的《论十大关系》中，进一步明确指出："中国不但要有更多的飞机和大炮，而且还要有原子弹。在今天的世界上，我们要不受人家欺负，就不能没有这个东西。"

为了加强对原子能事业的领导，1955年7月，中共中央指定陈云、聂荣臻和薄一波组成三人小组，负责指导原子能事业的发展工作。

# 三

## 听吧！祖国在向我们召唤，
## 回去吧，赶快回去吧！

1948年5月，中国的"居里"夫妇钱三强与何泽慧从法国回国。

1947年底，核物理学家彭桓武走英国海军的后门，搭军舰回国。

1956年，在美国的力学家郭永怀烧掉了自己的手稿，准备回国。

朱光亚、陈能宽、程开甲……—批留学海外的青年学者纷纷回国。

在人类文明的历史上，中华民族曾走在世界的前列；直到15世纪以前，中国的科学技术在世界上保持了千年的领先地位。当现代科学技术在西方蓬勃发展的时候，古老的东方大地也并不是一片空白。

早在上个世纪20年代，一批批中国青年知识分子赴西欧、北美求学，在世界著名的物理学家和核科学家的直接指导下，在核科学领域接受了严格的训练，并开始了实验和理论研究工作。吴有训、赵忠尧、钱三强、王淦昌、彭桓武等人，曾分别在康普散射、伽马射线反常吸收、核裂变、宇宙线实验和理论研究等领域作出了显著的成绩。正如江泽民同志所说："半个世纪以来，物理学不断有新的突破、新的进展，其中不乏中华儿女的贡献。不论这些贡献是来自海峡两岸，还是来自海内外学子之手，都是中华民族的光荣和骄傲。"

钱三强，是一个在中国几代知识分子心目中闪耀的名字，一面飘扬在原子能战线的旗帜。钱三强1936年毕业于清华大学物理系。1937年，24岁的钱三强考取中法教育基金委员会公费赴法国巴黎大学镭学研究所居里实验室做研究生，师从伊莱娜·居里。1940年，钱三强在伊莱娜·居里指导下，完成了粒子同质子碰撞的研究工作，以此为题的博士论文获得通过，获得博士学位。1945年，钱三强受导师之命，赴英国布利斯托大学学习核乳胶技术。这年冬天，钱三强学成回到巴黎，协助伊莱娜与约里奥的研究工作。1946年，钱三强、何泽慧赴英国剑桥大学参加基本粒子会议，两位年轻博士关于乳胶记录中子打击铀核的报告引起他们的注意，特别是报告中所展示的图片，如分岔点上发出的细长、浅淡径迹令人百思不解。回到巴黎，钱三强取得约里奥·居里夫妇的积极支持，带领两位法国研究生和何泽慧一起，进行夜以继日的研究工作，终于从精确的统计数字中发现：在中子撞击铀原子核发生裂变时，每三百次出现一次这种新奇现象。

1946年12月9日，经约里奥推荐，钱三强领导的科研小组在法国科学院《通报》上公布了三分裂变的研究结果，并附有历史意义的五张核乳胶照片。随后，何泽慧又发现其中有裂变为四个碎片的痕迹。经过大量实验，终于证明四分裂现象也有规律，大约一万个裂变中会出现一次。在约里奥指点下，1946年12月23日首次公布四分裂变照片，并附有详细的测量计算。他们经过努力，向人们展示裂变现象研究的新境界，那就是：原子核在中子打击下，不仅可以分裂为二，还可以分裂为三乃至四；分裂为三的可能性，较分裂为二者小三百倍；分裂为四的可能性，较分裂为二者小约一万倍；三分裂所放出的能量，较二分裂稍强，四分裂所放出的能量，较二分裂弱。1947年2月，钱三强、何泽慧在美国《物理评论》上发表论文，第一次对三分裂和四分裂作出明确结论。这年3月31日，钱三强应邀在法国科学院作了题为《论铀的三分裂机制》的报告。

今天，钱三强三分裂理论为世人公认，已成为裂变物理一个重要分支。这一为中华民族争得荣耀的划时代的研究成果，使人们对核分裂的认识向前推进了一大步，在国际物理学发展史上写下了极为光彩的一页。钱三强的导师约里奥·居里当年曾将他们的成果在巴黎召开的世界科学工作者大会上宣布：

"在我们的实验室，正在进行一项重要的工作，它本来是由英国的科学工作者开始，由我们的实验室做了更多的工作，已证明铀核分裂的新方式——三分裂和四分裂。对这新发现，我们的研究人员做了顽强细致的工作，我们将遵守科技界的准则和传统，立即发表研究论文。它的国际性，可以由作者的国籍来说明。它是由两个中国青年科学家钱三强和何泽慧，两个法国青年科学研究人员沙斯戴勒和维聂隆共同努力取得的。我们反对某些国家把基础科学列入保密范围，这对世界科学发展是很不利的。"

约里奥·居里讲话的第二天，法国《人道报》《人民报》《时代报》，中国的《大公报》《新民报》均作了详细的报道。有家报纸的标题是《中国的"居里"夫妇，发现了原子核分裂法》，副标题是"为原子研究开辟新天地，物理学大师均誉不绝口"。

为了表彰钱三强的科研成就，法国科学院1946年底曾向他颁发了亨利·德巴微奖金。1947年夏，法国国家科学研究中心在1944年任命他为研究员后，又晋升他为研究导师（法国科研学衔分4个等级，即教授级的研究主任，副教授级的研究导师，讲师级的研究员和助教级的研究助理）。钱三强的勤奋、才智和严谨的科学态度赢得了约里奥·居里夫妇的好评与同伴们的钦佩。当时，在留法人员中，得到这样重要学术地位的中国人，只有钱三强一个人。

第二年春天，钱三强找到中共驻欧洲的负责人刘宁一同志和孟雨同志，向他们表示了要回祖国的心愿。

"祖国的解放大约还需要两三年时间。"在卢森堡公园一条长凳

核物理学家钱三强。

苏联专家撤走后我国原子弹攻关的那段日子，成为钱三强最繁忙心情也最舒畅的日子，他说："曾经以为是艰难困苦的关头，却成了中国人干得最欢、最带劲、最舒坦的黄金时代。"

上，刘宁一对钱三强说，"蒋家王朝就要垮台了。你们回到国内，先到北方一个大学呆下来，培养一批学生，准备迎接解放。新中国诞生后，你们是大有作为的！"

钱三强把自己要回国的打算告诉了导师。

约里奥教授听后不禁愣了一下，说道："您回去之后上哪去呢？"

钱三强知道他是法国共产党员，便直率地说："回北方去。"那时，他已接到严济慈教授和清华大学叶企荪教授要他回国组建研究机构和参加教学的来信。

听了学生的回答，对中国解放战争形势分外关注的约里奥教授很满意："很好！我要是你的话，也会作出这样的决定！"

话别时，约里奥·居里夫人语重心长地说："我们俩（指与约里奥教授）经常讲：'要为科学服务，科学要为人民服务。'希望你把这两句话带回去吧！"

回国前夕，钱三强的两位导师——约里奥·居里夫妇签署了一份评语。他们写道："……他对科学事业满腔热忱，并且聪慧有创见。我们可以不夸张地说，在那些到我们实验室来并由我们指导工作的同代人当中，他最为优秀……钱先生还是一位优秀的组织工作者，在精神、科学与技术方面，他具备研究机构领导者应有的各种品德。".

1948年5月，钱三强和何泽慧抱着刚满半岁的女儿祖玄，带着丰硕的科研成果和报效祖国的热忱，带着约里奥·居里夫妇的殷殷嘱托和难忘的记忆，由地中海登船，返回10年来魂牵梦萦的祖国。

1949年1月13日，北平宣告和平解放。钱三强情不自禁地骑上自行车，飞快地到了长安街，置身于载歌载舞的人群中……

刚解放没几天，北平军管会主任叶剑英就派人与钱三强取得了联

核物理学家彭桓武。

20世纪80年代，核武器理论设计获国家自然科学奖一等奖。按规定，奖章应由获奖名单中的第一位彭桓武保留，他却执意把奖章送到了研究所。当时，他顺手撕下一页日历写道："集体、集集体，日新、日日新。"

系。当钱三强高兴地来到军管会驻地时，负责接管文教单位的周扬、钱俊瑞等同志亲切地会见了他。周扬对钱三强说："你的情况，党组织都知道，欢迎你和我们一起工作。"

几天以后，钱三强接到了一个不寻常的通知：党组织决定让他参加新中国派出的第一个代表团，到法国巴黎出席世界和平大会。代表团团长，就是后来任中国科学院院长的著名学者郭沫若。

1949年10月1日，中华人民共和国开国大典在雄伟的天安门广场隆重举行。当时已经担任全国政协委员和全国民主青年联合会副主席的钱三强，应邀登上了天安门城楼，与党和国家领导人、各界知名人士一起参加了开国大典。

屹立在世界东方的新中国为钱三强提供了广阔的舞台。钱三强说："我们这一代从事科学工作的人，多少年来，一腔热情渴望着为祖国的强盛而施展抱负。然而，只是到了新中国诞生，受到中国共产党的启发教育和信任，才真正实现了自己的宿愿。"

中华人民共和国诞生一个月后，钱三强参与创建的中国科学院成立了。钱三强被任命为中国科学院计划局副局长，兼近代物理所副所长，所长是吴有训教授。不久，吴教授就任中国科学院副院长，近代物理所所长职务由钱三强担任。


彭桓武1915年10月出生。1935年，不到20岁的彭桓武清华大学物理系毕业，随即进入清华研究院深造。"卢沟桥事变"后，彭桓武辗转到了昆明，在数学大师熊庆来主持的云南大学任教。

这时欧洲现代物理学正进入繁荣勃发时期。1926年诞生的新量子论（量子力学和量子场论）仍是物理学发展的前沿。对量子理论和量子力学有划时代贡献的薛定谔、海森堡、狄拉克、玻恩等，仍在不懈地探索。而中国的物理学研究，20年代才从几个高等学校零星地开展起来，30年代刚建立两个研究机构，设备不全，人员不多，战事一起，教学和科研条件更差了。

1938年，彭桓武考取了"英国庚子赔款"留学生，他在清华大学的教师周培源为他选择了导师——马克思·玻恩。彭桓武来到东濒北海、人杰地灵的爱丁堡，成为玻恩的第一个中国弟子。玻恩是德国人，纳粹上台后流亡英伦。这位当代理论物理学大师可谓桃李满天下。他指导过的学生中，有"原子反应堆之父"费米、"原子弹之父"奥本海默等科学界的精英。玻恩与当时古板的德国教授大不相同，他对学生亲切随和，不拘小节；他善于启发学生，还是一名出色的讲演者，能把深奥的问题讲得清晰明了。玻恩这一批学生中，除了彭桓武来自中国，还有英、美、法、德、爱尔兰人，后来参加了第一颗原子弹研制的大名鼎鼎的福克斯这时也在这里和彭桓武同窗。

彭桓武在玻恩门下如鱼得水。他思维活跃，兴趣广泛。在玻恩指导下，彭桓武研究晶格动力学、分子运动论，也涉足场论、固体物理。1940年彭桓武获得了哲学博士学位。

1941年，彭桓武来到都柏林高级研究院工作。在都柏林高级研究院的两年间，彭桓武与海特勒、汉密特两人合作，研究关于解释宇宙线的介子的课题。他们综合了介子场论若干成果，对宇宙线现象作了较系统的解释。这个理论便以它的作者姓名的第一个字母命名：HHP。HHP理论的主要工作出自彭桓武之手，彭桓武的名字一时广为同行所知。海特勒后来在回忆都柏林高级研究院生活时说："同事中最受热爱的一个是中国人彭桓武"，"经常的兴致结合着非凡的天才，使他成为同事中最有价值的一个"。

随后，彭桓武又回到爱丁堡大学，独立开展研究。1945年，彭桓武获得了科学博士学位。同年，他以量子力学与统计力学的一系列探索性工作，与玻恩共获爱尔兰皇家学会的麦克杜格尔·布里斯班奖。

薛定谔接着又聘请彭桓武回都柏林高级研究院当教授，彭桓武开始指导研究生。1946年夏，战后第一次基本粒子会议在剑桥大学举行，彭桓武应邀出席。彭桓武在这里的科学界拥有了自己的位置，这是许多外籍学者求之不得的。

然而，彭桓武却念念不忘回祖国去。归程曾被战火阻隔，现在第二次世界大战结束了，他更加归心似箭。他和滞留在法国的钱三强相约，回国后联合志同道合的人干一场，让祖国借助原子时代的科学技术强盛起来。1947年底，彭桓武登上东归的海轮。1948年，当爱尔兰皇家学会选他为会员时，彭桓武已经在云南大学执教了。

当有的记者问到他为什么回国，一向十分随和的彭桓武却表现出一种少有的激动："不！我没有理由回答你的问题。你的问题应该换一种问法，那就是作为一个中国人，有什么理由不回到自己的祖国，并为她的富强贡献自己的一份力量呢？我有责任，利用自己的所学之长，来关心她、建设她，使她强盛起来，不再受人欺负。"

在1993年的采访中，我们向彭先生谈起了这件事情，他说："是的，我说过，回国不需要理由，不回国才要理由，这是很自然的事情，学成归国嘛！"接着，他悄悄地说："告诉你一个秘密，我是走后门回来的，走的英国海军的后门。当时，回国的轮船很紧张，我有同学在英军服务，我托他想办法，搭英国海军军舰回来的……"

1949年，彭桓武来到已经解放的北京，他和钱三强重逢了，暂住在

力学家郭永怀。

1968年12月5日，郭永怀从青海试验基地赴北京汇报。飞机降落时发生坠毁事故，他不幸遇难，时年59岁。当时在事故现场，人们发现有两具尸体紧紧抱在一起，那是郭永怀和他的警卫员牟方东。当人们费力地把他们分开时，才发现两具尸体的胸部中间是一份热核导弹试验数据文件，文件完好无损。

叶企荪教授家里，他们终于能以促膝谈心代替纸上交流了。钱三强兴致勃勃地告诉彭桓武："中央准备成立一个人民的科学院，如果我的意见被采纳，就能成立一个近代物理所。"

"这回，咱们可以干起来了！"彭桓武跃跃欲试。他和钱三强商定，先从教育开始，解决物理学人才匮乏的问题。他回到母校清华大学，在国内第一次开设了正规的量子力学课程。


郭永怀1909年出生于山东省荣城县西滩郭家村的一个贫寒之家。靠叔父的资助，郭永怀读完小学，以优异的成绩考取青岛大学附中，成为家乡第一个中学生。1929年夏，郭永怀进入南开大学预科班学习，他勤奋好学，在班里成绩总是名列前茅。1933年，郭永怀获得北京大学物理系的奖学金，毕业后留校当助教。1939年春，郭永怀考取中英庚款基金会第七届留英公费生。1940年1月，郭永怀和同学们到上海集合，乘船去加拿大留学。上船后，他们发现护照上有日本签证，允许他们在横滨停船时上岸游览。

郭永怀和同学们无比愤慨，郭永怀说："我宁愿不出国，也不能丢掉中国人的骨气！"全体同学当即决定，在日本帝国主义侵略祖国期间，绝不接受敌国的签证，宁可不留学，也不能忍受这种民族的屈辱。尽管中英庚款基金会的英国董事大喊大叫："谁闹事，就取消谁的留学资格！"郭永怀和同学们仍义无反顾地集体携带行李下船登陆，返回昆明。

直到1940年8月，郭永怀和同学们在上海再度集合，乘俄国皇后号邮轮，才踏上寻求科学救国之路的漫漫旅途。在加拿大的多伦多大学，郭永怀以非凡的勤奋和才智，仅用半年时间就获得了硕士学位。1941年

5月，他又来到当时的国际空气动力研究中心——美国加州理工学院古根海姆航空实验室，在航空大师冯·卡门教授指导下工作。郭永怀非常出色地完成了当时空气动力学的前沿课题——跨声速流动不连续解的研究论文，并于1945年获得博士学位。

郭永怀的突出成绩，很快传到美国康奈尔大学，主持航空研究生院工作的西亚斯教授，聘请郭永怀到该院任教。1946年9月，郭永怀来到康奈尔大学。一进校园，郭永怀就向校方声明："我来贵校是暂时的，将来在适当的时候就要离开。"

康奈尔大学为了同附属研究院建立紧密的联系，动员郭永怀申请接触机密资料。他们发给郭永怀一张表格，其中有一栏："如果发生战争，是否愿意为美国服兵役？"郭永怀在上面写了个大大的"不"字。这样，郭永怀就不能接触任何机密资料了。

1953年，郭永怀在康奈尔大学任教已经7年，按规定应有1年休假。英国请他去讲学，美国不予签证。于是钱学森约请他到加州理工学院工作。他们常常在一起倾诉衷肠，表述对祖国的思念和返回祖国的决心。

美国当局为了阻拦郭永怀回国，寻找借口将他的妻子李佩无理传讯达1年多时间；国民党方面也专门派人劝他到台湾，郭永怀毫不动摇，激愤地与那个人辩论了几个小时。

1955年，钱学森在周恩来总理的关怀下回到祖国。郭永怀得知这一消息后，回国之心更加迫切。这时，美国当局对中国留学人员进行填表摸底，以这种方式进行威胁。

郭永怀在摸底表格上坚定地回答："中国是我的祖国，我想走的时候就要走。"他请律师向美国移民局交涉，据理力争。美国政府迫于舆论的压力，根据1954年中美大使级谈判中达成的协议，不得不答应让郭永怀回国。

为了避免美国当局节外生枝、制造麻烦，郭永怀在做回国准备时，在他住房的后院烧了不少他多年来的科研文章和教学讲义手稿。

郭永怀撰写这些手稿花费了不少时间，一笔一画都很清楚；而焚烧纸稿的烟雾也会引起邻居的不满。郭永怀的妻子李佩当时劝阻说："何必烧掉？回国还有用。"

郭永怀说："省得找麻烦，反正这些东西都在我脑子里了！"

在康奈尔大学航空工程研究生院院长为他送行的野餐会上，郭永怀用烧烤香肠和汉堡牛排的炭火余烬，把未烧完的大量讲义一页一页地烧光。

在场的同事和学生们看着闪闪的火焰，许久默默无言。

事实证明了郭永怀的机智和远见。在他们搭乘的克里夫兰总统号轮船即将起航时，突然上来几个穿着深蓝色制服的彪形大汉，这些美国移民局和联邦调查局的特务到核科学家张文裕、王承书夫妇的舱房里搜查了所有的行李，使开船时间推迟了两个小时。

在这焦急的等待中，郭永怀、李佩在甲板上暗暗为张文裕夫妇担心，生怕把他们一家扣下，直到看见特务们离开才松了一口气。同时，李佩也为郭永怀烧掉了书稿暗自庆幸，因为人的头脑是无法搜查的。

1956年9月30日，郭永怀、李佩等归国科学家进入罗湖边防站，踏上了祖国大陆的土地。几十年后，郭永怀的夫人李佩教授仍对当时的情形记忆犹新：

"当年我们过境踏上国土时，首先看到的是几间灰秃秃的小屋和穿着灰色制服的边防战士，而高高飘扬的五星红旗非常醒目，它使我们大家感到兴奋又温暖。"

周恩来总理在中南海接见了郭永怀，问他有什么要求，郭永怀说："我想尽快投入工作……"

钱学森推荐他担任中国科学院力学研究所副所长。郭永怀全力以赴地投入空气动力学、爆炸力学、电磁流体力学、飞行力学和固体力学的研究和指导工作。他从不休星期天和节假日，从不午休，早出晚归，埋头书案，工作是他最大的乐趣。他听音乐的时间没有了，从美国带回来的两箱新唱片一直未拆封，后来全部送给了中央人民广播电台；他爱好集邮，从清朝到当时的国内外邮票，整整搜集了三大本，后来全部送给了邮政总局；他十分喜爱摄影，现在也顾不上了……

郭永怀在1957年发表的《我为什么回到祖国——写给还留在美国的同学和朋友们》一文中说："自从1949年人民政府建立以来，买办阶级和帝国主义的工具被逐出中国大陆，广大的人民就真正地抬起了头，有了办法，有了保障，这个保障便是中国共产党。这几年来，我国在共产党领导下获得了辉煌成绩，连我们的敌人也不能不承认。在这样一个千载难逢的时代，我自以为作为一个中国人，我们都有责任回到祖国，和人民一道，共同建设我们美丽的河山。"


还有一个这样的故事——

在英国爱丁堡大学有一个来自中国的青年学者，他每天除去吃饭、睡觉的时间都埋头在课堂上、实验室和图书馆里。同学们都叫他波克（Book），连房东老太太对这个不爱交际的黄皮肤的年轻人也常投冷眼，不无恶意地给他取了一个外号"奶油棒冰"。他甚至没有功夫去咀嚼这寄人篱下的滋味，屈辱和苦闷都在他的沉默中变成了发愤攻读的动力。有一天，他在报童激动的叫喊中得到了一个惊人的消息：中共在长江扣留了英国军舰紫石英号！那艘不顾人民解放军的警告公然挑衅的英国军舰被解放军还击的炮火打伤了，英国朝野为此掀起了一场轩然大波。报纸上一条条通栏标题却使这位中国学者眼中燃起了明亮的火花。

中国有希望了！过去这么多年总是外国人欺侮中国人，现在中国人也敢还手了！也敢打外国人了！走，回家，回祖国去！

这位青年学者迎着刚刚升起的五星红旗回到了祖国。他叫程开甲，现在是中国科学院院士，总装备部科技委常任委员。

程开甲是三十多年前的1978年在他的书房里给我讲这个故事的。

那是一座简朴的"干打垒"平房，房子旁边有一条无名的小溪，小溪周围是天山山脉一群无名的山峦，群山外面是一望无际的戈壁滩……当时，作为中国核试验事业的一位开创者，他已经在这样的环境中隐姓埋名十几年。

他喜欢数学，但那时手边却连一个最简单的计算器也没有，他只能在一块小黑板上密密麻麻写下一个又一个数学公式；他喜欢听交响乐，当时甚至没有一个砖头式录音机；他那年近花甲的老伴每天穿着带补丁的旧军装，扛着铁锹和随军家属们一起去开荒、翻地，种植土豆和大白菜；院子里，经常跑着几只正在刨食的老母鸡。

在交谈中，我们提出过这样的问题：你如果不回来，在学术上会不会有更大的成就？

于是，程开甲就讲了那个故事，他感慨地说："如果不回来，在学术上也可能有更大的成就，但绝不会有现在这样幸福，因为我现在做的一切都和祖国紧紧地联系在一起。"

十九年后，一位记者又一次向程院士提出了类似的问题：如果你当年没有回来，你能想象自己现在是一种什么样的状况吗？

核物理学家程开甲。

程开甲曾说："如果不回来，在学术上也可能有更大的成就，但绝不会有现在这样幸福，因为我现在做的一切都和祖国紧紧地联系在一起。"

程院士回答：“最多是一个二等公民身份的科学家。会有一些发明创造，不过如此。可我回来就不同了，我为国家作出多大的贡献呀！而且，我在国内干的一切，科技水平不比在那边干的差。所以说，当时回来是对的，现在看是更加正确。”

他十分感慨地说：“我是一个中国人，我不可能到美国去喊美国万岁，我只能喊中国万岁。我这辈子的最大心愿就是国家强起来，国防强起来，让我们的祖国硬邦邦地站在世界人民面前。”

那是1947年，唐山交通大学的毕业生陈能宽，携带年轻的妻子，告别了亲爱的祖国，踏上了出国求学的路程。

在美国洛杉矶海关楼，陈能宽和妻子在办理入境手续，他正要在证件上签字。

“No！No！No！”

美国警察忽然大摇其头，满脸的笑意立即消失了，警察对黄皮肤的中国人说：“请按手印！”

“为什么这样呢？他们都是签字的呀！”陈能宽不解。

“可你是你，他们是他们！明白吗？”

“在美国，讲究民主……不是人人平等吗？”

“平等……你们支那人没有这个条件！”

“……”陈能宽明白了一切，他深感屈辱。

一个没有独立主权国家的公民，至多只能是个“二等公民”！

出生在湖南慈利县江垭镇一个小山沟里的陈能宽，和他的同龄人一样，在青少年时代就饱尝了民族危亡的耻辱。

接二连三的国耻纪念日，大片大片的国土沦丧，日益高涨的抗日呼

核物理学家陈能宽。

陈能宽曾用这样的诗句抒发情怀："不辞沉默铸金甲，甘献年华逐紫烟。"

声，不断地激励过他这位热血少年，他立志要找一条"救国之道"，因而拼命学习，希望有朝一日能用自己的知识报效祖国。

他以优异的成绩被保送到唐山交大矿冶系学习。大学毕业时，正值抗日战争胜利，他入天津炼钢厂实习。可是报到后，他发现工厂的烟囱并不冒烟，全靠从东北买来的铁丝加工成钉子维持，面对这样萧条落后的工业，陈能宽不免黯然神伤。

就在这一年，留学考试刚好恢复，他和妻子通过自费考试，抱着"救我中华"的一腔热血漂越重洋。

在耶鲁大学，陈能宽以中国人特有的刻苦精神，潜心攻读冶金专业，获得博士学位。而立之年，他已是哈更斯大学讲师、威斯汀豪斯研究所研究员。还有三个可爱的孩子、一辆漂亮的小轿车和一个温暖的家……这些已是足以扎根美国的坚实基础了，然而他忘不了祖国曾在他心灵上烙下的印记，更忘不了曾对祖国许下的诺言。

陈能宽漫步在静谧的校园里。

突然，一把寒冷的刀抵在他的胸膛上：

"先生，这可是一把上好的刀啊！花100美元才到手的，想见识见识吗？"

"你要干什么？"

"不干什么，要你的命，把钱交出来！"

陈能宽反手一横，将歹徒推倒在地，一口气跑回家中。

"回祖国去，我们不能做无本之木！"他激动地对妻子和孩子说。当年，曾经向往到美国专攻土木建筑工程、一心梦想建造高楼大厦的妻子裴明丽完全理解她的丈夫，她含泪点头：

"等翅膀硬了，我们就飞回去！"

1955年秋，中美两国在日内瓦达成"交换平民及留学生"的协议，他才真正看到了回归祖国的希望。

"怎么办？是立刻走，还是等一等？"他望着妻子怀中的小儿子发愁地说。

妻子理解丈夫的心情："我们等了这么久，才等到今天的机会，孩子小不要紧，当年出国时丢下一个8个月的女儿，今天回去最小的也刚好8个月，多么有意思！"

"对，立刻走，免得夜长梦多。"星期五下班后，他直奔匹兹堡火车站，登上去纽约的火车，买了回国的船票。

冬天，他和全家人踏上了归途。

在百废待兴的新中国，各方面条件自然十分艰苦。但是，当32岁的陈能宽兴冲冲地骑着从海外带回来的自行车，到中国科学院应用物理研究所上班后，却立即感到了"给自己做事的幸福感"，他如一个螺丝钉，被一个博大的磁场吸引着。

"你们这么年轻，回来给祖国做事太好了！"周恩来总理在中南海会见他们时这样说。


1945年秋天，美国军方曾透露出美国可以接收中国人学习制造原子弹的意思。蒋介石下令由军政部长陈诚和俞大维一起负责，秘密筹划这一重大的国防科学技术计划。陈诚和俞大维约见了吴大猷、华罗庚、曾昭抡，由他们分别在物理、数学、化学三门学科各选两名青年学者作为助手，前往美国考察学习。数月之后，物理方面，吴大猷选了助教朱光亚和大二学生李政道；数学方面，华罗庚选了孙本旺（到美国之后又选了徐贤修）；化学方面，曾昭抡选了唐敖庆和王瑞骁。五人中，李政道最年少，才19岁，朱光亚次之，21岁。两个人都聪慧超常，且年纪相若，常在一起切磋，交谊至深。

1946年9月，在华罗庚带领下几个人踏上了美利坚合众国的土地，与先行而来的曾昭抡会合。由于美国对这一高新技术领域的技术封锁，曾昭抡跟他们一见面，就连连摇头："嗨，在美国学习原子弹技术是没门了，你们就各奔前程吧。"

曾昭抡将他这些日子和美国人交涉联络的情况大致讲了一下，几个人一听也觉得十分无奈。大家都看到，美国根本不可能帮助中国搞什么原子弹。此外，由于国民党政府忙于打内战，腐败成风，政治局面和经济形势混乱不堪，筹建国防科研机构的原定目标早就注定了是镜花水月。

朱光亚选择留在老师吴大猷教授的母校密歇根大学，一边作为吴大猷先生的助手做理论物理课题，一边在研究生院攻读博士学位，进行实验核物理的学习和研究。

在密歇根大学，朱光亚学习勤奋刻苦，各科成绩全是A，连续4年获得奖学金。1947年开始，在世界著名物理期刊《物理评论》上连续发表论文，在核物理这个新兴学科前沿留下了他的足迹，使他在中国留学生中名气很大。

当时在美国的中国留学生和旅美学者有两大组织，一个是北美基督教中国学生会，一个是留美中国科学工作者协会。朱光亚是这两大组织的积极分子。

当新中国成立的消息传来，旅美留学生们为之欢欣鼓舞，集会庆祝。这时候，是回国参加祖国建设，还是滞留美国，或者是去台湾，成了每一个中国留学生日思夜想的重要问题，也是当时留学生之间交流

1947年，李政道、杨振宁、朱光亚（从左往右）在美国密歇根大
学研究生院。

在朱光亚八十大寿之时，杨振宁写来贺词："功在民族"。

1950年2月，朱光亚与许慧君（女友）在美国。

的中心话题。朱光亚和许多进步师生一样，积极鼓动大家回国效劳。从目前查到的文字记录看，1949年11月、12月间，朱光亚与曹锡华等人，在密歇根大学所在的安城，多次以留美科协的名义组织召开中国留学生座谈会，分别以"新中国与科学工作者""赶快组织起来回国去"等为主题，介绍国内情况，讨论科学工作者在建设新中国中的作用，动员大家"祖国迫切地需要我们！希望大家放弃个人利害，相互鼓励，相互督促，赶快组织起来回国去"。他们还用《打倒列强》歌曲的曲调，自编了《赶快回国歌》，每次聚会都要齐唱"不要迟疑，不要犹豫，回国去，回国去。祖国建设需要你，组织起来回国去，快回去，快回去"。而朱光亚自己则早就决定回国，已经做好了回国前的各项准备。

从1949年年底开始，作为北美基督教中国学生会中西部地区分会主席的朱光亚牵头组织起草了《给留美同学的一封公开信》，并送给美国各地区中国留学生传阅、讨论、联合署名，到第二年2月下旬，有52名已经决定近期回国的留学人员签了自己的名字。

1950年的朱光亚，是个年仅26岁的青年科学家，共和国的召唤，让他激情难抑，他拒绝了优越的工作条件和优厚的物质生活待遇，拒绝了美国经济合作总署（ECA）的救济金，毅然告别女友取道香港回国。回国前夕，他与51名留美同学联名的这封致全美中国留学生的公开信于1950年2月27日寄往纽约的留美学生通讯社，刊登在3月18日出版的《留美学生通讯》第三卷第八期上，在当时海外中国留学生和学者中引起了强烈的反响。


同学们：

是我们回国参加祖国建设工作的时候了。祖国的建设急迫地需要我们！人民政府已经一而再再而三地大声召唤我们，北京电台也发出了号召同学回国的呼声。人民政府在欢迎和招待回国的留学生。同学们，祖国的父老们对我们寄存了无限的希望，我们还有什么犹豫的呢？还有什么可以迟疑的呢？我们还在这里彷徨做什么？同学们，我们都是在中国长大的，我们受了20多年的教育，自己不曾种过一粒米，不曾挖过一块煤。我们都是靠千千万万终日劳动的中国工农大众的血汗供养长大的。现在他们渴望我们，我们还不该赶快回去，把自己的一技之长，献给祖国的人民吗？是的，我们该赶快回去了。

你也许说自己学的还不够，要"继续充实""继续研究"，因为"机会难得"。朋友！学问是无穷的！我们念一辈子也念不完。若留恋这里的研究环境，恐怕一辈子也回不去了。而且，回国去之后，有的是学习的机会，有的是研究的机会，配合国内实际需要的学习才更切实，更有用。若呆在这里钻牛角尖，学些不切中国实际的东西，回去之后与实际情形脱节，不能应用，到时候，真是后悔都来不及呢！

也许你在工厂实习，想从实际工作中得到经验。其实，也不值得多留，美国工厂大，部门多，设备材料和国内相差很远，花了许多工夫弄熟悉了一个部门，回去不见得有用。见识见识是好的，多留就不值得了，别忘了回去的实习机会多得很，而且配合中国需要，不是吗？中国有事要我们做，为什么却要留在美国替人家做事？

你也许正在从事科学或医学或农业的研究工作，想将来回去提倡研究，好提高中国的学术水准。做研究工作的也该赶快回去。研究的环境是要我们创造出来的，难道该让别人烧好饭，我们来吃，坐享其成吗？其实讲研究，讲教学，也得从实际出发，决不是闭门造车所弄得好的。你不见清华大学的教授们教学也在配合中国实际情况吗？譬如清华王遵明教授讲炼钢，他用中国铁矿和鞍山钢铁公司的实际情况来说明中国炼钢工作中的特殊问题。这些，在这里未必学得到。

你也许学的是社会科学：政治、经济、法律。那就更该早点回去了。美国的社会环境与中国的社会环境差别很大，是不可否认的事实。由高度工业化的资本主义社会基础所产生出来的一套社会科学理论，能不能用到刚脱离半殖民地半封建社会基础的中国社会上去，是很值得大家思考的严重问题。新民主主义已经很明显地指出中国社会建设该取的道路。要配合中国社会的实际情况，才能从事中国的社会建设，才能发展我们的社会科学理论。朋友，请想一想，在这里学的一套资本主义的理论，先且不说那是替帝国主义做传声筒，回去怎样能配得上中国的新民主主义建设呢？中国需要社会建设的干部，中国需要了解中国实情的社会学家。回国之后，有的是学习机会。不少回国的同学，自动地去华北大学学习三个月，再出来工作。早一天回去，早一天了解中国的实际政治经济情况，早一天了解人民政府的政策，早一天参加实际的工作，多一天为人民服务的机会。现在祖国各方面都需要人才，我们不能彷徨了！

一点也不错，祖国需要人才，祖国需要各方面的人才。祖国的劳动人民已经在大革命中翻身了，他们正摆脱了封建制度的束缚，官僚资本的剥削，帝国主义的迫害，翻身站立了起来。从现在起，他们将是中国的主人，从现在起，四万万五千万的农民、工人、知识分子、企业家将在反封建、反官僚资本、反帝国主义的大旗帜下，团结一心，合力建设一个新兴的中国，一个自由民主的中国，一个以工人农民也就是人民大众的幸福为前提的新中国。要完成这个工作，前面是有不少的艰辛，但是我们有充分的信念，我们是在朝着充满光明前途的大道上迈进，这个建设新中国的责任是要我们分担的。同学们，祖国在召唤我们了，我们还犹豫什么？彷徨什么？我们该马上回去了。

同学们，听吧！祖国在向我们召唤，四万万五千万的父老兄弟在向我们召唤，五千年的光辉在向我们召唤，我们的人民政府在向我们召唤！回去吧！让我们回去把我们的血汗洒在祖国的土地上灌溉出灿烂的花朵。我们中国要出头的，我们的民族再也不是一个被人侮辱的民族了！我们已经站起来了，回去吧，赶快回去吧！祖国在迫切地等待我们！

半个多世纪过去了，读着这样一封激情澎湃的信，我们似乎依然能听到一个年轻科学家怦怦跳动的心音，感受到他火一样的爱国激情，感受到新中国的诞生当时在海外莘莘学子中间产生的巨大反响。

新中国成立后，党和政府很快把已经归国的、为数不多的专家组织起来，组建了专门的科研机构；同时，千方百计，精心安排，帮助在海外渴望回国的专家学者尽快地回到祖国的怀抱。其中许多专家成为中国"两弹一星"事业的奠基者和带头人。

# 四

## 钱学森说："这一天啊，大家记住啊！"

1950年底，陈赓大将对钱学森说："我就要你这句话！"

1956年3月，中央军委会上，聂荣臻对周恩来说："我来抓这个工作！"

1956年10月，北京西郊医院一间简陋的食堂中，国防部第五研究院成立。

**19**50年，钱学森决定以探亲名义回国，却被美军当局无理拘禁，在联邦调查局特务的监视下被滞留达5年之久。直到1955年10月，在周恩来总理的亲自安排下，中国代表在中美大使级会谈中多次严正交涉，钱学森一家才得以安全回到祖国。江泽民总书记1989年在中南海对钱学森说："从当年冲破重重困难毅然回国的老一辈科学家身上，我们看到的是中华民族的气节和自尊心。"

这年12月，哈尔滨军事工程学院火箭专业教授任新民、周曼殊、金家骏3人，给中央军委写信，提出了在中国研制火箭武器和发展火箭技术的建议。

年底，钱学森到哈尔滨军事工程学院参观时，院长陈赓握着钱学森的手问："你看，咱们中国人搞导弹行不行？"

钱学森毫不犹豫地回答："外国人能干的，中国人为什么不能干？难道中国人比外国人矮一截！"

钱学森的话令陈赓顿生豪气，连声说："好！我就要你这句话。"

1956年元旦那天，叶剑英请陈赓、钱学森到家里吃饭，席间又谈起导弹的问题，陈赓提议，立即去找周恩来拍板。于是，3人驱车直奔"三座门"，周恩来当时在那里参加一个舞会，陈赓把正在兴头上的周恩来叫出来，让钱学森给他介绍情况。周恩来听完后，说："你们写个

钱学森于1955年10月28日到达北京。赶往北京前门车站欢迎的中国科学院副院长吴有训同钱学森亲切握手。图正中为当时北京大学教务长周培源。

报告吧。"

1956年2月，钱学森给国务院写了《建立我国国防航空工业的意见》，这是一份重要的意见书，是我国导弹研究开端的重要步骤之一。自此，中国的导弹研制工作，正式提上了议事日程。

2月下旬到3月上旬，为向军委扩大会议作战略方针的报告，彭德怀多次找聂荣臻等军委领导商谈，力主开展导弹和核武器研究。3月6日，彭德怀在军委扩大会议上作了《关于保卫祖国的战略方针和国防建设问题》的报告。其中专题讲了"我们必须积极着手研究我国能不能生产新式武器（如核武器、导弹和新式武器等）的设计制造问题"；建议在国务院或国防部直接领导下积极筹建航空和导弹的研究机构，并准备筹划核武器研究机构。这个报告经过军委扩大会议讨论同意，又得到毛主席和党中央的批准。这是最早落实到文字上的关于在中国研制导弹和核武器的正式文件。

1956年3月14日，周恩来主持中央军委会议，传达了中央关于研制导弹武器的决定。会议决定组建导弹航空科学研究方面的领导机构——航空工业委员会（简称航委）。周总理在会上提出："谁来抓这项工作？"

时任军委副主席的聂荣臻立即表示："我来抓！"

于是，周总理委托聂荣臻领导航委的工作。4月13日，国防部通知，聂荣臻任航委主任；黄克诚、赵尔陆为副主任；钱学森、刘亚楼、李强等为委员。

至此，中国研制原子弹、导弹的大幕徐徐拉开。

当时，中国的铀矿才刚刚勘探，世界上还没有洲际导弹，以毛泽东同志为核心的中共第一代领导集体高瞻远瞩，审时度势，不等条件完全具备就果断提出发展原子弹、导弹的战略决策，为实现中华民族的强国梦想描绘了一张宏伟壮丽的蓝图。

刚刚成立的由聂荣臻担任主任的航委，这时候实际上是个空架子，下面连一个兵也没有。聂荣臻主张先建研究机构，再建领导机构。他把自己在总参代理总参谋长时的得力助手、总参办公室主任安东调过来，担任航委的秘书长。安东和聂荣臻办公室的主任范济生等人一起，担负起航委的日常工作。应该说，这几个人是聂荣臻的左右手，在百废待兴的日子里，默默付出了很多努力。

1956年5月10日，聂荣臻向国务院、中央军委提交了《关于建立中国导弹研究工作的初步意见》的报告。他在这份报告中说：第二次世界大战后，美国的陆、海、空军都已经逐步采用各种导弹作为制式装备，并且还在大力开展这方面的研究工作……由于喷气技术、流体力学、无线电定位、电子计算机等科学技术的飞速发展，可以看出，各种导弹作为军队武器装备有很广阔的前景。为适应中国国防现代化的需要，必须立即开始导弹的研制与培养干部的工作。……为此，建议在航委下面设立导弹管理局；建立导弹研究院（后称国防部第五研究院，简称五院），以钱学森为院长，尽快开展导弹的研制工作。

半个月后，周恩来亲自主持有彭德怀等参加的第71次军委会议，专题研究了聂荣臻提出的报告。周总理在会上作了重要指示：导弹的研究方针是先突破一点，不能等一切条件都具备了，才开始研究和生产；研究导弹所需要的专家和行政干部，同意从工业部门、高等院校、科研机构和军队中抽调；要说服更多的人，为研制导弹出力；军队更要起模范作用，要人要钱，首先拿出来。

会议同意聂荣臻提出的所有方案，这让聂荣臻深受鼓舞，立即着手布置工作。当天下午，他就约军委办公厅主任萧向荣及安东、北京市政府秘书长薛子正开会，研究落实措施。这3个人也正是周恩来在上午的会上指定帮助聂荣臻解决机构设置、人员抽调、研究机关用房等具体问题的。

聂荣臻吩咐安东，尽快去找总后勤部、空军、北京军区的领导人商量，为导弹研究院寻找院址，以便开展工作。聂荣臻嘱咐："你要向这些单位的领导人详细说明导弹研究工作的重要性，以及中央和军委领导的决心，请各单位发扬风格，把可能提供的房子让出来。"

经过协商，位于北京西郊黄带子坟一带的解放军124疗养院、北京军区106疗养院、北京空军466医院，可以拨出全部或部分营房来，供导弹研究院使用。

光有这块地盘还不够，1956年11月，聂荣臻商请空军将南苑的飞机修理厂划归五院，作为导弹总装厂。1957年5月，聂荣臻同当时的中央联络部部长王稼祥商定，将长辛店中联部停办的马列主义学院二分院的房舍，划拨给了五院。同时，五院副院长王诤设法将在北京永定路地区的某通信团营区划归五院。这样，南苑、永定路、长辛店3处成为以后五院第一、第二、第三分院的所在地，成为导弹、火箭武器的重要研制基地。这3个基地建设的逐步完善和4项重点工程的陆续建成投入使用，对中国导弹火箭事业的发展，发挥了重要的作用。

经聂荣臻与总政商定，五院机构按兵团一级、分院按军一级行使职权。对外协作、联系工作等使用代号。他还提出，五院各级机构一定不要重叠，人员要精干，宁缺勿滥，一定不要搞人海战术；对待高级知识分子，只要不是反革命就应该使用；社会关系复杂些也不妨碍使用，必须贯彻"重在表现"的政策。

1956年2月1日，毛泽东主席设晚宴招待从海外归国的钱学森。

钱学森、朱光亚、邓稼先（从左往右）在天安门国庆观礼台上。

聂荣臻后来回忆说，创建五院，最困难的还是人才调集问题。当时，第一个五年计划刚刚开始，全国各地、各行各业都在加紧建设，科技人才极度匮乏，科学家、专家更是凤毛麟角，是每个单位的"心肝宝贝"，挖人家的，就等于割人家的肉。但是，搞国防尖端技术，又必须集中大批技术骨干力量，是个顶个的，不能滥竽充数。于是，问题就来了。

周恩来深知其中的难处，他指定聂荣臻召集会议，抽调人才。6月2日那天，聂荣臻邀请国务院秘书长习仲勋、副总参谋长兼军事工程学院院长陈赓、国防工业部部长赵尔陆、一机部部长黄敬、国家科学规划委员会副主任范长江、中国科学院副院长张劲夫、教育部副部长黄松龄、清华大学校长蒋南翔等33人开会，商量为导弹研究院选调科技骨干的问题。

本来，周恩来那天要到会讲话的，但会议即将开始时，毛泽东找他有事，他只能去了，临走前留下话："中午给大家嘴上抹抹油。"

周恩来的意思是，中午请与会人员吃饭。他的良苦用心可见一斑。

会议在三座门召开。聂荣臻那天穿一身灰色的中山装，显得特别精神。他首先讲了一下中国决心发展以"两弹"为主的尖端武器的计划。听说搞导弹、原子弹，大家都很兴奋，议论之声四起。

聂荣臻接着说了这次会议的目的：发展尖端武器迫在眉睫，国际上的技术援助还没有落实，但中央下了决心要搞，当前急需的是各类人才，请在座的各位大力支持，鼎力相助。

聂荣臻讲完后，会场顿时沉默了，半天没人吭声。有的面面相觑，有的闭目思索，有的盯着天花板，仿佛与自己无关。

聂荣臻耐心地期待着。

最终，还是陈赓大将打破了沉默，他站起来，掷地有声地说："我们哈军工给四个专家！"

陈赓的表态，令聂荣臻非常满意，他的脸上露出了难得的笑容。他希望人们响应陈赓，站起来发言。但是没有，会议室又出现了一阵难堪的沉默。

有人叨念说：搞尖端武器是重要，可是，我们的科学技术人员太少。每年只给我们几个大学生。我们恨不得拿他们一个当三个用。老科学家是我们的老母鸡，大学生是未来的母鸡，我们还指望他们给我们下蛋呢……

陈赓对说这些话的人的态度很不满意，他坐不住了，又站起来，说："聂总，我们再给你两个！"

也许是陈赓的态度影响到大家，各个部委、科学院都表示，回去商量一下，尽力支持航委的工作。

陈赓说到做到，没多久，他把哈军工的任新民、屠守锷、梁守槃、庄逢甘等6人给送来了。但是，很多单位答应给的人，并没有到位。聂荣臻派人三番五次地催促，有的单位仍是迟迟不放人。

两个月过去了，人员仍是到不齐，钱学森很不高兴，他气呼呼地问有关同志："导弹、火箭的事还搞不搞了？要搞，就应该赶快调人，不能再拖了。"

这些话反映到聂荣臻这里，聂荣臻掂量出钱学森这些话的分量不轻，他去找周总理想办法。周总理叫聂荣臻约钱学森到北戴河面谈，顺便可以让他休息几天；总理又对聂荣臻说："需要哪些人，提出名字，你写报告，我批！"

后来，有些专家就是通过行政手段，聂荣臻写报告，由周恩来批准后，硬调来的。终于，蔡金涛、黄纬禄、吴朔平、姚桐彬等数十位专家和中级科技人员到了五院，同时还接收了当年分配的100多名大学毕业生，他们是中国导弹、火箭事业的第一批骨干力量，是最早的"班底"。

为解决五院科技干部奇缺的困难，聂荣臻又建议在军事工程学院、北京航空学院、北京工业学院、通信学院、邮电学院、交通大学、清华大学等高等学府，设置有关导弹的专业。建议得到中央批准。这为日后苏联毁约，中国坚持自己的"两弹"研制工作，奠定了技术力量基础。

1956年10月8日，对中国导弹、火箭事业来说，是一个不寻常的日子。这天，在北京西郊原解放军第466医院简陋的食堂，聂荣臻面对台下坐着的大约200多人，宣布：经过中央军委批准，国防部第五研究院正式成立，由钱学森任院长，领导大家从事火箭、导弹的研究工作。聂荣臻说："在座的各位，是中国火箭事业的'开国元勋'，现在人手虽少，但只要大家团结一心、艰苦奋斗，中国的火箭、导弹事业一定会有美好的前景。"

那天，除了这个小型的会议，没有再举行任何仪式，没有鲜花，没有彩旗，没有锣鼓，没有剪彩。到场的人们，只有一颗火热的心。

会后，聂荣臻将五院的工作方针归纳为："我们对导弹的研究制造，应采取自力更生为主，力争外援和利用资本主义国家已有的科学成果为辅的方针。"这一方针得到彭德怀、周恩来、毛泽东的批准。后来，这个方针实际上成为我国国防科技事业，乃至整个科技事业的基本方针。

1986年是我国发展航天事业30周年。6月6日下午，航天部的领导和部分老专家来到北京玉泉山9号楼，代表航天工业部的24万职工来看望聂荣臻。钱学森激动地说："我就说一句。我们航天工业部、七机部、老五院有光荣的历史。这个历史正式开始是1956年10月8日。那天下午在车道沟借来的一个医院开大会，聂总亲临大会，宣布国防部第五研究院正式成立！这一天啊，大家记住啊！这在中国的历史上是一件大事啊！大家要记住，老人要记住，也要让后来人知道，这是很重要的事情。"

# 五

聂荣臻说：

"前进，并且要赶上和超过我们的对手，

这就是中国人民的唯一出路，

否则我们就将永远被人欺负。"

邓小平回忆说："那个时候，聂荣臻那个科学小组，既管任务又管人；既管军，又管民。把管任务和管人结合在一起。"

上世纪50年代，以研制核弹、导弹的战略决策为主要标志，中华民族向科学进军的宏伟蓝图全面铺开。

1956年1月25日，毛泽东在最高国务会议上说："我国人民应该有一个远大的规划，要在几十年内，努力改变我国在经济上和科学文化上的落后状况，迅速达到世界上的先进水平。"

5天之后，在政协二届二次全体会议上，周恩来号召："向现代科学技术大进军！"他要求国家计划委员会、中国科学院和有关部门，尽快制定出1956年到1967年的十二年科学技术发展远景规划，提出："争取在第三个五年计划末使我国最急需的科学部门能够接近世界先进水平。"这是制定十二年科学规划的指导思想和依据。

制定这样一个科学规划，是我国有史以来的第一次，也是时代赋予中国科技工作者的一项艰巨而光荣的任务。中央对此非常重视。这年3月，国务院成立了科学规划委员会，周恩来亲自挂帅，陈毅、李富春和聂荣臻负责具体的组织领导。

当时，聂荣臻作为主管军工和军队装备的领导人，直接领导了武器装备方面的规划制定工作。在中国这样一个庞大的国度，对门类众多的学科专业制定一个发展规划，是一个庞大复杂的系统工程。领导这项工作的人，不但需要冷静的科学头脑，而且还要具有战略家的眼光和气

毛泽东、周恩来、朱德、陈云、邓小平、聂荣臻、林伯渠等中央领导接见科学规划会议代表。

魄。伟大的中国革命所造就的这些革命家、军事家，历史性地成为这一艰巨任务的领导者。像聂荣臻这样打了半辈子仗的军人，开始在一条崭新的战线上指挥作战。

周总理深知，国防建设这一块是重中之重，于是，百忙中，细心的他没忘了让秘书通知各有关部门——

　　总理指示：为解决科学规划中提出的有关国防建设部门急需解决的组织机构、工程技术人员的调配与培养等问题，决定由聂荣臻同志邀请各有关部门的负责同志开会商讨……在聂荣臻同志召开会议时，有关人员必须到会。

初春的北京，生机盎然。制定十二年科学规划的大会在北京西郊宾馆召开。参加制定规划的600多位科学家和科技工作者，来自中国科学院，各高等院校，各产业部门的技术、科研、设计单位，它包括了中国现代科学技术发展史上水平最高、成就最大的科学技术专家。著名科学家吴有训、竺可桢、严济慈、钱三强、钱学森、钱伟长、王淦昌、王大珩等都参加了规划会议。

中央领导同志对规划的制定工作极为重视。周总理多次听取汇报，及时做出指示。陈毅、李富春、聂荣臻、薄一波等具体组织领导规划工作。中央决定陈毅专管外交工作后，由聂荣臻接替他分管科学技术工作。中央领导多次同科学家和技术人员交谈，听取他们的意见。摄影家们拍下了一个历史性的镜头：周恩来、李富春、聂荣臻、郭沫若等与制定规划的科学家们欢聚一堂、亲切交谈，大家脸上流露出发自内心的微笑。

5月26日，周恩来、李富春、聂荣臻、中国科学院院长郭沫若等，在中南海怀仁堂宴请了与会的科学家和科技人员。周总理和聂荣臻等一桌一桌地向到会人员敬酒。6月14日，毛泽东、周恩来、朱德、陈云、邓小平、林伯渠、吴玉章、郭沫若等，在中南海接见参加规划工作的科学家、科技人员，同大家合影留念。聂荣臻也参加了接见活动。这两次活动说明了中央对科学工作的高度重视，对科技人员鼓舞很大。

这年10月，在不到半年的时间里，经过600多位科学家的努力和部分苏联专家的帮助，基本上完成了规划的起草工作。

10月29日，陈毅、李富春与聂荣臻联名，向周总理并中共中央提交了《关于科学规划工作向中央的报告》和《1956—1967年科学技术发展远景规划纲要（草案）》的报告。规划提出了国家建设所需要的57项重要科学技术任务和616个中心课题，连同附件共600多万字，参照国际先进水平，结合中国实际情况，提出了解决这些中心课题的途径和措施，它给中国科技事业的发展勾画出了一个较为清晰的轮廓和美好的蓝图。

规划中列出了12个重点：原子能的和平利用；喷气技术；电子学方面的半导体、计算机、遥控技术；生产自动化和精密机械仪器仪表；石油等重要资源的勘探；建立中国自己的合金系统和新冶炼技术；重要资源的综合利用；新型动力机械和大型机械；长江、黄河的综合开发；农业的机械化、电气化和化学肥料；几种疾病的防治和消灭；自然科学中若干重要基本理论的研究。

军工方面，在聂荣臻的领导下，由当时的副总参谋长张爱萍牵头，组织航空工业委员会、总参装备计划部、国防工业部门的有关人员，共同拟定了武器装备发展规划，将其作为十二年科学规划的组成部分。这个规划的主要目标有：提高喷气式飞机音速的倍数；研制射程100公里的地对空导弹，射程500至600公里近程地对地导弹；电子学方面，研制能发现敌人飞机、导弹，并能引导我军飞机、导弹对其拦截、阻击的设备；研制能准确测定敌人炮兵阵地和军舰的设备，提高雷达探测距离，缩小体积，增强抗干扰性能；研制自动化和保密性能好的超小型化通信设备；研制电子计算机、电视机、无线电侦察等设备；原子能方面，与和平利用结合，开展小型核弹头、核潜艇和用作军用动力堆等综合性研究；防化和军事医学方面，进行防原子、防化学和防生物武器研究；陆军装备方面，主要是进行改进，减轻火炮、坦克等重量，提高质量，增大威力，便于运动或自行化等研究；海军装备方面，开展提高舰艇航速、续航力以及水雷、舰用火炮、鱼雷的威力，研究导弹、火箭在舰艇上的使用等。由于当时水平的限制，许多研究项目只是提出了努力方向，大多还不具体，但总算有了武器装备发展的奋斗目标。

1956年10月的一天，邓小平来征求聂荣臻对工作安排的意见。邓小平说："老兄，对你的工作安排，中央设想了三个方案：一是中央决定调陈毅同志专搞外交，他分管的科学技术工作由你来抓；二是彭真同志因工作太忙，中央想让他免兼北京市市长，你过去在彭真之前当过北京市的市长，现在让你官复原职；三是你继续主管军工生产和部队装备工作。三个方案由你选择。"

聂荣臻没有过多考虑，当场对邓小平说："市长这个官我不想当，对科学技术工作我倒很有兴趣。我们国家太落后，也迫切需要开展这方面的工作。"

聂荣臻想了想，又说："军工生产与武器装备工作，与科学技术有密切联系，可能的话，将来兼顾也可以。但还是请中央决定吧。"

办事历来果断、干脆的邓小平说："那就这样定了，我上报中央批准后任命。"

听说聂荣臻自愿选择科技工作，有些相熟的人很为他担心，善意地劝告说："你身体不好，这个工作很忙，千头万绪，又是跟知识分子打交道，麻烦太多，最好还是不要管这个事吧。"

聂荣臻的想法丝毫没有动摇。后来他回忆说：

　　热爱科学技术，希望以此来改变我国的贫穷落后面貌，是我青年时期的夙愿。经过革命战争，人民掌握了全国政权，正是实现这种夙愿的好时机。我决心把自己的后半生贡献给我国的科学事业。

　　建国以后，当我们还在医治战争创伤的时候，世界上一些主要的大国已经实现了现代化，进入了所谓"原子时代"和"喷气时代"。更重要的是，我们已经有了抗美援朝战争的感受，技术装备落后，使我们吃了许多亏。而且当时还面临着一场新的侵略战争的威胁，而这场战争将是钢铁与技术的较量。帝国主义敢于欺负我们，就是因为我们落后。为了摆脱被动局面，我们就得尽快地前进，这就需要大力发展科学技术。

　　前进，并且要赶上和超过我们的对手，这就是中国人民的唯一出路，否则我们就将永远被人欺负。我当时是怀着这样一种紧迫感，决心抓好这项工作的。

1956年的11月16日，全国人大第51次常委会议决定，任命聂荣臻为国务院副总理。当日，周总理在国务院第40次全体会议上宣布各位副总理的分工，聂荣臻分管自然科学和国防工业、国防科研工作。

1958年6月，中共中央决定，为了加强党的一元化领导，成立直属中央政治局的财经、政法、外事、科学、文教5个小组。聂荣臻为中央科学小组组长，组员有宋任穷、王鹤寿、韩光、张劲夫、于光远。

1958年9月25日，中央军委第157次会议通过了聂荣臻代军委起草给周恩来并毛泽东、中共中央的报告：为了发挥各方面的积极因素，统一组织力量，把研究设计、试制和使用三方面紧密结合起来，加强组织领导、规划协调，并进行监督，"建议把原国防部航空工业委员会的工作范围加以扩大，改为国防部国防科学技术委员会（简称国防科委），在军委、中央科学小组领导下工作。"1958年10月16日，中央批准了这个报告，聂荣臻元帅兼任国防科委主任，陈赓大将任副主任，万毅等23人为委员；1959年12月，空军司令刘亚楼兼任国防科委副主任；1960年3月，副总参谋长张爱萍兼任国防科委副主任。

几乎同时，聂荣臻又向中央建议，将国务院科学规划委员会与技术委员会合并，组成中华人民共和国科学技术委员会（简称国家科委）。1958年11月，中央批准了这个建议，并任命聂荣臻兼国家科委主任。

至此，在中共中央、国务院、中央军委的领导下，建立了对全国科技事业的集中统一领导机制。当时，聂荣臻身兼国务院副总理、中央军委副主席、中央科学小组组长、国家科委主任、国防科委主任，把科学院、高等院校、产业部门、国防科委和地方的科技力量，即五个方面军组织起来。邓小平同志在1982年1月评价说："聂总那个科学小组既管任务又管人；既管军，又管民。把管任务和管人结合在一起。……所以，在科技攻关，特别是'两弹'的研制，效率很高，取得显著成效。"

# 六

## 老母鸡与精神家园

1958年2月，黄沙蔽日的戈壁滩额济纳旗地区被秘密选为导弹试验基地。

1958年12月，无人区罗布泊地区被秘密选做原子弹试验基地。

**19**58年6月21日，毛泽东在中央军委扩大会议上的讲话中指出："原子弹就是这么大的东西，没有那东西，人家就说你不算数。那么好吧，我们就搞一点吧。搞一点原子弹、氢弹、洲际导弹，我看有十年功夫是完全可能的。"

1958年9月27日，苏联援助建设的7000千瓦实验性反应堆和1.2米直径的回旋加速器在北京房山县建成，正式移交使用，在现场举行了隆重的移交典礼，聂荣臻参加验收，并在验收合格证书上签字。从此，中国有了一个综合性的原子能科学技术研究基地。基地汇集了一批科技人才，赵忠尧、王淦昌、彭桓武、何泽慧、朱光亚等著名核科学家，以及刘少奇的儿子刘允斌、彭湃的儿子彭士禄、李四光的女儿李林，都在这里工作。这个基地在我国原子能事业建设发展中，特别是对于原子能科技骨干的培养，起到了"老母鸡"的作用。

在此之前的1956年11月，中央决定设立"中华人民共和国第三机械工业部"，主管原子能事业的建设和发展，任命宋任穷为部长，刘杰、钱三强等为副部长。不久，三机部又改称为"二机部"，也就是后来核工业部的前身。中国科学院所属的物理研究所也已经更名为中国科学院原子能研究所，受二机部和中科院双重领导，以二机部为主。钱三强担任所长。1958年，二机部已经成立了核武器研究所。

中国西北核武器研制基地。

50年代后期到60年代初，当时中国杰出的科学家钱三强、王淦昌、邓稼先、朱光亚、陈能宽、周光召、彭桓武、郭永怀、王承书、张沛霖、于敏、黄祖洽、程开甲、陆祖荫、吕敏等一批人走进了核武器研制的行列。

原子弹研制基地的厂址初步选定青海省海晏县的金银滩。来自全国各部队的2000名转业干部和战士，以及7000多名民工和2000多名建筑工人，组成了万人施工大军，顶风冒雨，昼夜不停，浩浩荡荡地向中国西部进发。铁道兵部队和交通部十万火急地抢修铁路和公路。来自全国各地的器材、设备源源不断地运来。数以千计的大学毕业生、留学生以及刚从国外回来的专家、学者，参加了向原子弹进军的行列。新成立的北京核武器研究所在北郊破土动工，作为接受苏联提交原子弹模型与技术资料的场所。与此同时，铀浓缩、反应堆、核燃料元件、铀水冶炼等工厂和矿山的建设陆续展开……

研制原子弹、导弹，除了建设研制基地外，还要建立大型的试验基地。基地需要装备大量技术复杂、精密度极高的仪器设备。而且由于试验这两种武器的特殊要求，试验基地又必须建立在没有人烟或人烟稀少的大漠戈壁地带。因此，建设试验基地，同样是一个十分复杂而艰巨的任务。

1958年初，聂荣臻、彭德怀、黄克诚、陈赓等和苏联专家多次讨论导弹试验基地的组成、任务、规模、场址选择的条件等问题，随后，国防部批准组成以炮兵司令员陈锡联为首由苏联专家等人参加的靶场勘察小组，开始导弹试验靶场的勘察工作。

导弹试验基地必须选定在地域和空域辽阔，地处偏僻，居民点少，导弹试射如果出现故障造成损失一定要最小，同时便于保密的地点。选

创业者们进入大西北茫茫戈壁滩深处建设我国第一个导弹发射试验场。

址时，靶场勘察小组的同志乘坐飞机在我国华北、东北和西北广阔地区进行勘察，经过反复比较，提出在甘肃省鼎新以北建场的意见。2月15日，聂荣臻、彭德怀与黄克诚等一起听取了以陈锡联为首的勘察小组关于选址等情况的汇报。2月25日，聂荣臻和黄克诚代中央军委起草了向中共中央的报告，得到毛泽东同意，从而确定以额济纳旗地区为导弹试验基地。至此，中国的导弹试验基地建设正式全面开始了。

额济纳旗地区是戈壁、沙漠地带，常年黄沙弥漫不见天日，气候变化异常，这里水源奇缺，很难见到植物，交通更是不便。

在这样的环境下建设试验基地谈何容易。聂荣臻对此感受最深，早在1936年夏，他奉命率领红一军团西征就曾转战在青海、甘肃、宁夏的戈壁滩上。

选派什么样的部队开进额济纳旗地区，建设中国第一个导弹试验基地，这是聂荣臻和中央军委、总参谋部领导思考的重要问题。

1958年3月14日，中央军委决定，专门组成以工程兵司令员陈士榘为领导的，以第20兵团领导机关为基础组成的特种工程指挥部，调集工程兵、铁道兵等数万人的施工部队开赴额济纳旗地区，担负导弹试验靶场的工程建设任务。这支浩浩荡荡的建设大军一进入漫无边际的茫茫沙漠，首先遇到的困难就是如何生存下来，如何施工。在这一片浩瀚、荒无人烟的沙漠里，很难找到居民，更谈不上住房了。部队刚进入基地时，便搭起了一片片帐篷，支起锅灶，立即投入了紧张的筑路施工。由于沙漠地区风沙太大，白天部队施工，晚上回来时，有的帐篷和行李已经被狂风刮走。沙漠地区温度昼夜变化很大，白天还是骄阳似火，高达40多摄氏度，夜晚却是零下10多摄氏度，寒气逼人。长住帐篷总不是办法。于是大家另想办法，开始挖地窝子，上面覆盖点东西，留个进出

核试验人员与飞沙搏斗。

口，保温性比帐篷要强。缺点是里面漆黑，光线太差。后来又搞起了干打垒，建土坯房，先是一半在地面，一半在地下，上半部留个小窗，白天就有阳光了。

在一望无际的荒漠，根本没有路，人们走进沙漠很容易迷失方向，部队开始就是在经过的路上，每隔一两百米放个废汽油桶，或树起一根木桩，作为路标指示方位。在沙漠地区修路，首先要采取固沙措施，然后才能修路。工程部队一锹一镐，从简易路修到沙石路，再到柏油路和水泥路。当时部队最好的交通工具就是敞篷无帮或只有半截车帮的卡车，坐在车上，摇晃得厉害，全身就像要散架一样，能有这样的车坐也算很高的待遇了。

部队刚开进基地时，吃菜是最大的困难，平时的饭菜很难见到绿色，经常是咸菜，最好的时候是干菜，后来有了萝卜、土豆等蔬菜。由于沙漠地区无霜期短，气候干燥，水源又极缺，种菜就非常困难，从外地运菜，因交通不便，新鲜蔬菜运到基地也就差不多烂了一半。部队在工地吃饭时，有时候遇到大风，饭菜就会掺上沙土，很难下咽。我们这支可爱可敬的基地建设大军就是在这样艰苦的环境下，工程一天也没停工，在这原本无路的荒原上修筑起一条条路，保障了基地所需物资源源不断地运进来。

在陈士榘司令员率领工程兵、铁道兵打响靶场工程建设的同时，组建导弹试验基地机关和各部门的工作在北京开始。聂荣臻对组建这支队伍十分重视和关心。鉴于导弹试验基地的特殊重要地位，中共中央、中央军委确定基地为兵团一级，选定以志愿军第20兵团为基础组建基地。基地创建适逢20世纪五六十年代，我国正处在"超英赶美"、"东风压倒西风"的所谓大跃进时期，基地的电话通信代号就用"东风"。这

核试验基地第一任司令员张蕴钰（中）带领小分队首次进入罗布泊地区。

样，"东风基地"就广泛地流传使用起来。现在人们更多地叫它酒泉卫星发射中心。

被中央军委选定担任基地第一任司令员的孙继先中将，红军长征时，任红一军团第1师第1团第1营营长，是十七勇士强渡大渡河的前线指挥员；1957年开赴朝鲜任志愿军第20兵团副司令。

孙继先受命任基地司令员后，就与副司令张贻祥先到基地建设工地，与陈士榘共同负责工程建设工作。基地的工程量很大，在修筑公路、铁路的同时，还要解决基地机关住房，用水，构筑地对地、地对空发射阵地和指挥所，技术厂房，要建一个能起降大型飞机的专用机场，一个发电厂，一条由甘肃省清水到基地约200公里的专用铁路。如何实施这些艰巨工程，聂荣臻要求工程兵部队发扬人民解放军一不怕苦、二不怕死的英勇气概，保质保量地按时完成。施工中聂荣臻曾亲自与基地领导多次通电话予以鼓励，多次召集国防科委领导开会，要国防科委多方面关怀施工部队。

基地建设除土建工程外，各项设备的制造和采购是聂荣臻特别关心的问题，尤其是导弹发射架、燃料加注设备、观测仪器、指挥器材等，聂荣臻组织各工业部门、研究所大力协作进行研制，一些特殊设备国内暂时还不能解决的，则通过外贸部门设法采购。

在这期间，聂荣臻根据钱学森院长的意见，又从哈尔滨军事工程学院、西安军事电讯工程学院等院校选调了一批大学生和各方面人才，保证各试验部门的需要。

在导弹试验基地工程建设紧张展开，基地机关和各部建设有序进行的同时，原子弹爆炸试验基地的建设，根据党中央、中央军委的决策，也同时全面展开。

彭德怀元帅视察部队。

1958年2月，聂荣臻、彭德怀与黄克诚等听取关于核武器试验基地选址遵循的原则等汇报后，聂荣臻与中央军委和总参领导要求有关部门加快基地选址勘察和建设，并请来陈赓商谈负责核试验基地的领导人选问题。陈赓是第三兵团的老司令员，对兵团参谋长张蕴钰的工作能力了如指掌，尤其是他在参与指挥震惊世界的上甘岭战役中的出色表现。陈赓认为张蕴钰是一位精干细致、工于谋划的领导。聂荣臻接受了陈赓的建议，于是向中央军委推荐当时在大连负责与苏军进行防务交接的张蕴钰担任核试验基地司令员。

中央军委接受了这个推荐，并决定以河南商丘步兵学校机关为基础组建基地机关，由该校政委常勇为基地政委。随后，由基地政委常勇、试验勘察大队长张志善带领勘察大队，根据军委和有关部门以及苏联专家对试验专区的布局要求，到青海西部、内蒙古自治区西部、新疆维吾尔自治区东南部和甘肃西部进行艰苦的实地勘察。勘察小组提出爆心在甘肃敦煌西北方向140公里、指挥区距敦煌80公里、生活区距敦煌10公里处的地方建设基地的方案。按照苏联专家的意见，试验场区最大试验功能为2万吨梯恩梯当量。基地司令员张蕴钰听取汇报后，又亲自到实地进行察看，认为在敦煌附近地区建试验场不合适，不能进行较大当量的核试验。随后，张蕴钰提议另选一个理想的试验场，后经过反复勘察比较，认为在新疆维吾尔自治区的罗布泊地区建设原子弹试验基地较为合适。

1958年12月，聂荣臻在听取汇报后，同意选定罗布泊。这个地区是古楼兰国的遗址，方圆数百公里都是荒无人烟的沙漠戈壁。在这个地区能进行较大当量的原子弹、氢弹试验，对人畜动植物不会造成多大影响，而且便于保密。

对核试验基地的任务和建设规模，聂荣臻当时就曾有个远景考虑，既可进行初级的塔爆试验，也能进行不同高度的空爆试验，还能进行地下核试验。在进行原子弹武器爆炸试验时，还要便于组织各种不同类型的效应试验。

中央军委批准在罗布泊建设核试验基地后，先由张志善副司令员带领攻打太原的英雄部队第109工程兵团和第36汽车团等1万多人的施工大军，开进了这沉睡千年的荒漠，开始了坚苦卓绝的基地建设。

罗布泊这片神奇的土地，是一望无际的沙漠地带，荒无人烟，被称之为死亡之海。这里，盛夏的戈壁滩白天骄阳似火，酷热难忍，沙漠被巨大的"火球"烤得焦热滚烫，气温有时高达50多摄氏度，夜晚气温会骤降，寒气逼人，冬季寒风刺骨，漫天黄沙。在这里见不到一点绿色。

刚进入罗布泊，首先遇到的困难就是大部队的住房问题，只能住帐篷或挖地窝子来挡风遮雨，到后来盖起了干打垒。当地根本就没有砖瓦，更难找到木材。运来的建筑材料只能保障试验工程建设所需。英雄的工程兵团就是在这样恶劣的气候和艰苦的环境下，靠自己的双手建设着试验场区和机关生活区。试验场区在罗布泊的沙漠中心地域，基地机关和生活区在试验厂区西北180公里的马兰。

马兰原本是一个只有很少人家的居民点，因遍地生长着马兰花，基地建设者就命名该地为马兰。这个美丽的地名一直沿用至今。这个地图上找不到的小小城镇，如今成为几代创业者共同的故乡，成为他们精神的家园。

# 七

赫鲁晓夫说，
我不明白他为什么这样动怒；
毛泽东说，
我们再也不想让任何人利用我们的国土
来达到他们自己的目的了。

1957年10月，苏联、聂荣臻签订《国防新技术协定》；随后，毛泽东飞往莫斯科。
1958年7月，毛泽东对苏联驻华大使说："要讲政治条件，连半个指头都不行。"
1959年9月，赫鲁晓夫访美后赶到北京，影射中国是"好斗的公鸡"；次年，苏联
撤走专家，两国合作陡生波折。
邓小平直言："中国共产党永远不会接受父子党父子国的关系……"

**19**54年10月，赫鲁晓夫、布尔加宁率苏联代表团来参加新中国成立5周年庆典。

10月3日在中南海颐年堂举行的中苏两国最高级会议上，赫鲁晓夫问："你们对我方还有什么要求？"

毛主席答道："关于这方面的事，双方的专家们天天在接触和交谈。他们相互协作，交换意见，协商解决问题，事情能办通。我们对原子能、核武器感兴趣。今天同你们商量，希望你们在这方面对我们有所帮助，使我们有所建树。"

赫鲁晓夫听到这里愣住了，因为他不曾考虑过这个问题，思想毫无准备。他稍停了一下说："搞那个东西太费钱了。我们这个大家庭有了核保护伞就行了，无须大家都来搞它。我们的想法是，目前你们不必搞这些东西……"

毛主席回答："也好，让我们考虑考虑再说。"

1956年赫鲁晓夫反斯大林，结果在世界范围掀起反苏反共的高潮。中共写了关于无产阶级专政历史经验的两篇文章，提出对斯大林要三七开，既分析了斯大林错误的性质和根源，又反击了帝国主义反苏反共的恶浪。在这种情况下，赫鲁晓夫为了换取中国的支持，对我国国防尖端技术的援助政策有所松动。

聂荣臻敏锐地觉察到这个变化，认为这是个很好的机会，他对周恩来说："是不是再和他们谈一谈，让他们援助一下，派一点专家，提供一些资料和样品，由我们自己搞。"

周恩来说："我同意。你可以先找阿尔希波夫谈一谈，我们再作下一步打算。"

阿尔希波夫当时是苏联驻中国经济技术总顾问，这个人大体上是对中国友好的。6月18日傍晚，聂荣臻拉上对外贸易部副部长李强，乘坐黑色的吉斯型轿车，来到东交民巷阿尔希波夫的住处。

李强当年曾经在上海特科工作过，是聂荣臻患难年代的战友。抗战前，他在苏联呆了6年多，俄文非常好，是个苏联通，又懂电子、机械。建国后中国对苏联的经济、贸易、科技方面的谈判，差不多他都参加了，聂荣臻很愿意拉着他和苏联人打交道。

聂荣臻和李强此番来访，事前并没有说明来意。略事寒暄，聂荣臻就对阿尔希波夫说："为了更好地编制我国的第二个五年计划和远景规划，并考虑到在原子工业方面将来浓缩铀工厂生产铀235和原子堆生产钚239后的下一步生产，以及生产原子弹、导弹及与此相联系的飞机型号的确定等一系列问题的安排，希望能取得苏联政府必需的援助，我国政府想与贵国政府进行谈判。"

聂荣臻请阿尔希波夫尽快向莫斯科反映。

阿尔希波夫很认真地听完，显得很热心，他说："您提出的问题我本人同意，但要请示我国政府后才能答复。"

这次谈话的结果应该说相当不错，甚至超出了聂荣臻和李强最初的想象。聂荣臻和李强告辞时，心里是很满意的。

7月22日下午，阿尔希波夫前来拜访聂荣臻。两人一见面，聂荣臻就从阿尔希波夫笑容可掬的脸上预感到，今天会有一个不错的结局。

果然，阿尔希波夫开门见山地说："元帅阁下，您上次提出的国防新技术援助的问题，我国政府对中国政府的要求表示支持。我授权宣布：苏联政府同意在适当的时候，由中国派政府代表团去苏联谈判。"

这让聂荣臻欣喜不已，他向阿尔希波夫表示感谢。送走阿尔希波夫，聂荣臻马上向周恩来并毛泽东、中共中央呈送书面报告。报告中说：

前次我们向经济总顾问阿尔希波夫同志提出有关原子能、导弹、航空在第二个五年计划内如何安排的愿望，请其向莫斯科反映。现已得到苏方的答复。今日下午阿尔希波夫同志来称：他受莫斯科委托表示，中国方面谈判原子能工业（包括为国防目的）的全权代表团，苏联政府可以随时接待，并将圆满答复所提出的问题——如果中国政府提出正式请求的话。

毛泽东、周恩来很快同意组织代表团赴苏谈判，委托聂荣臻负责筹组代表团。

1957年那个炎热的夏天，聂荣臻他们是在紧张和兴奋中度过的，组建代表团，考虑人选，商议谈判的项目、细节，事无巨细，都得考虑到。经过1个多月的准备，去苏联谈判的各项事宜商定好了。

9月3日，赴苏联谈判代表团在北京召开全体会议。聂荣臻在会上宣布：经周恩来和中共中央批准，由于国防新技术的保密性质，代表团称为"中国政府工业代表团"。由聂荣臻任团长，宋任穷、陈赓任副团长，成员有钱学森、李强、刘杰、国防部五部部长万毅、通信兵部主任王净，国防工业部副部长张连奎、刘寅。此外还聘请了13名火箭、原子

聂荣臻、万毅、李强、宋任穷（从左往右）在苏联参加中苏国防新技术谈判时合影。

能、飞机、电子等方面的专家、教授当顾问，加上工作人员共31人。

9月7日，代表团全体人员乘坐一架苏制伊尔—18专机，从北京南苑机场起飞了。

在飞机上，聂荣臻与钱学森议论起苏联的P—2导弹。钱学森判断说，苏联的这种导弹是从德国的V—2火箭演化而来的。

聂荣臻问："造它，你有把握吗？"

钱学森说："就看这次去苏联的结果了，只要他们肯提供有关的设备和火箭样品，保证能行。"

聂荣臻沉思了一下，又问："你觉得还有什么困难吗？"

钱学森说了句轻松的比喻："不是说，困难就像老鼠，听见脚步声就吓跑吗？"

他的意思是，没有什么困难。聂荣臻大笑起来，然后说："去年你说过，如果没有外援，依靠我国现有的技术力量，可以在7至8年内，研制出像美国'诚实约翰'一类的无控制火箭。我把你的意见报告给总理。后来中央叫我们7年内搞出自己的导弹。我比较乐观，认为大概只用5年，最多7年就行。这次能争取到苏联的帮助，就可以提前制造出比'诚实约翰'性能更先进的火箭武器来。"

"诚实约翰"是美国50年代初研制出的近程地对地战术导弹，没有制导系统，最大射程为37公里。当时钱学森认为，中国如果研制这类火箭，可以把射程提高到200公里左右。

而此时，钱学森乐观地说："也许不用5年。在元帅领导下，大家干劲足得很哟！"

聂荣臻说："如果这样，那就是世界的一个奇迹了。"

钱学森停顿了一下，又说："我有个预感，因为我们的社会主义制度能使科研力量高度集中，意志高度统一，这比自由化的美国更适合搞火箭工程。"

莫斯科时间6点，专机在莫斯科努契科伏国际机场降落，苏联部长会议第一副主席别尔乌辛、国防部副部长科涅夫元帅，以及中国驻苏大使刘晓等到机场迎接。聂荣臻站在舷梯上挥了挥手，就疾步走下舷梯。别尔乌辛及众人走上前去，与他握手拥抱。

9号上午，聂荣臻率代表团全体成员拜会苏联代表团团长别尔乌辛，双方的气氛出人意料地好。别尔乌辛说："苏方代表团接受苏共中央交给的任务，将尽量对中国给予帮助。"下午，又拜会苏共中央主席团委员、部长会议第一副主席米高扬。米高扬解放战争期间曾经来过中国，在晋察冀住过一阵，算是中国人民的老朋友了。

米高扬说："中国必须掌握原子弹和导弹武器，否则就不能成为真正的大国。"

聂荣臻深为赞同米高扬的话。

谈判就是从这一天开始，10月15日签协定，共进行了35天。整个国防新技术谈判，分为若干部分，有军事、导弹、原子能、飞机、电子5个组。谈判桌上，苏联人总的来说是友好的，别尔乌辛甚至对聂荣臻说："有些项目你们提出的型号性能已经落后了，你们可以提出更新一些的型号。"当然，有些项目对方是有所保留的，这也不难理解。谁也不会把家底都倒给你啊！

9月14日那天，代表团就收到了苏方提出的协议草案。别尔乌辛对聂荣臻说："这种协定在苏联外交史上还是第一次，因为中国是最可靠、最可信任的朋友，希望中国政府能早日定案。"

别尔乌辛的意思是，苏联从来没有这么大方过。想想也是，这次苏联是够大方的。

收到草案，在草案修改期间，聂荣臻不断派人回国向周恩来、毛泽东报告，或者是打电报请示，然后再进行修改。10月7日，聂荣臻收到周恩来签发的指示电："中央同意由聂荣臻同志代表政府同苏方签订苏方建议的协定。"

10月15日那天，聂荣臻率代表团全体成员出席在苏联国防部大楼举行的签字仪式，聂荣臻代表中国政府，别尔乌辛代表苏联政府，分别在协定上签字。

出席签字仪式的中苏两国代表，都很轻松，面带微笑，热烈握手祝贺。在签上"聂荣臻"3个字的协定中，苏联答应在原子能工业、导弹、火箭武器、航空新技术以及导弹和核试验基地建设诸方面，对中国进行援助。并且，苏联将于1957年至1961年底，为中国提供原子弹教学模型和图纸资料，以及提供P—2导弹样品和有关的技术资料。

协定的全称是《中华人民共和国政府和苏维埃社会主义共和国联盟政府关于生产新式武器和军事技术装备以及在中国建立综合性原子能工业的协定》。这就是中苏两国历史上有名的《国防新技术协定》，也叫《10月15日协定》。

1957年11月12日，毛泽东率领代表团飞往莫斯科。

到处是欢呼和笑容，到处是鲜花和掌声，然而，就在这鲜花和笑容的后面，已经弥漫起分裂的阴影。赫鲁晓夫对毛泽东提出的"百花齐放"的口号疑虑不安。

在战争与和平问题上，毛泽东与赫鲁晓夫之间也出现了深深的裂痕，分歧的焦点仍然是毛泽东那关于原子弹的名言——"纸老虎"。

在一次宴会上，毛泽东说："赫鲁晓夫同志，我跟伏罗希洛夫讲过，我在报纸上看见你们国防部长朱可夫讲话，说是哪个社会主义国家遭受帝国主义进攻，你们都将迅速回击。这个说法不对，国家都是独立的，没有邀请，你们怎么能出兵？"

"难道我们不是社会主义阵营吗？"赫鲁晓夫尽量用一种和平友好的语气争辩说，"朱可夫不是代表他个人说这番话的，他代表中央委员会表达了集体的决定。我自己也这样说过。"

"谁决定也不对。我们是社会主义阵营，但又是独立国家。"

"既然是阵营，那么两阵交锋，敌人打你的左翼，中军和右翼不该迅速行动吗？"

"不能完全这样比喻，"毛泽东温和而又不容含混地说，"我想，起码对中国是不许这样的。你们照顾好自己就行；我们自己会打他们，把他们打回他们出发的地方去。"

"可是，你想过军事力量的对比吗？"

"斯大林曾经担心我过不了长江，担心打过长江会引来美国人武装干涉。你问问米高扬，我怎么对他们讲的？我说我们曾经遇到过外国帝国主义的武装力量威胁，我们不吃那一套。我们攻打济南、进入青岛等地时，美国第七舰队就没敢动。我们打北平天津，驻在塘沽的美国舰队没有等到我们部队来，就带上国民党舰队逃跑了。他们如果在中国土地上打我们，我们就毫不客气地消灭他们。我让米高扬捎话，请斯大林放心。我打过了长江，结果怎么样子呢！"

"不错，那一次你是正确。可是现在这些经验已经过时了。"赫鲁晓夫稍稍有些激动，"现在是什么形势？现在有原子弹！"

"纸老虎。"毛泽东讲了一句带浓重湖南乡音的俄语。

赫鲁晓夫目瞪口呆，他不知道毛泽东讲什么，但肯定不是中国话，不过他哪里听得懂湖南腔的乡土俄语呢？李越然不得不把毛泽东的"湖南俄语"翻译成标准俄语。

这一次赫鲁晓夫激动地叫了起来："纸老虎！克利姆·米高扬，听见了吗？他说原子弹是纸老虎！亲爱的毛泽东同志，你这样的观点使我很吃惊。在原子弹面前，双方军队的数目与真正力量的对比对战争的结果已经没有任何意义，谁的军队越多，他的炮灰也越多！在原子弹的阴影下，没有军队，只有一堆堆灰！"

毛泽东眉毛渐渐聚拢。他对赫鲁晓夫的观点同样感到吃惊、愤慨。忽而他舒眉展颜一笑，用使人能够平静下来的口气说："那么战争还有没有正义和非正义的区别？如果出了战争狂人，你就只有投降了？赫鲁晓夫同志，怕是解决不了问题的。无非是乱扔原子弹，就算是死一半人，剩下的一半人还可以在废墟上重建我们的家园……"

为了这段话，在几年后的中苏论战中，苏联指责中国"不惜牺牲一半人民的生命去打核战争"，中国国内以为毛泽东没讲这个话，而是李越然翻译有误，忙追查实情。幸好有文字记录，中文俄文一对照，李越然翻译准确，而且多强调一遍"就算是"。"就算是"三个字很关键，强调了可能性，而且是敌人强加于我们的，而且是从最坏处着想，决无热衷核战争之意。中央肯定了这段话，并对苏方的指责做出激烈的反驳。

中国政府发言人在声明中说："苏联领导人的谣言，造得太大了，太离奇了。全世界一切用脑筋的人都会想一想，中国连一颗原子弹也没有，怎么能够发动核战争呢？"

1958年，苏联连续向中国提出两项损害中国主权的建议，显出要在军事上控制中国的意图。

4月18日，苏联国防部长马利诺夫斯基元帅致函中国国防部长彭德怀元帅说，为了指挥苏联在太平洋地区活动的潜艇，迫切希望在1958年至1962年间由中国和苏联共同建设一座大功率的长波发报无线电中心和一座用于远程通讯的特种收报无线电中心（长波电台）。

　　中国国防部长于6月12日复信苏联国防部长表示：中国政府同意建设大功率长波电台，欢迎苏联在技术方面给予帮助，但一切费用应由中国全部承担，建成后可由中苏两国共同使用；并建议两国政府就此签订一项协定。可是苏方对中方要拥有电台的全部所有权这一原则性立场不予重视。

　　后来毛泽东主席会见苏联驻华大使尤金，在谈到长波电台问题时，在座的彭德怀元帅说："我们讨论了这个问题，既然苏联认为有必要建设，我本人同意，费用全部由我们负担，共同使用，但所有权归我们，否则政治上不好。"毛主席强调说明：在军事上搞"合作社"是不适当的。

　　就在中苏关于"共建长波电台"的问题发生争执的过程中，1958年7月21日，苏联大使尤金又向中国提出建立共同潜艇舰队的问题。

　　毛主席听后当即表示：首先要明确方针，是我们办，你们帮助，还是只能合办，不合办，你们就不给帮助。

　　第二天，7月22日，毛泽东主席和中国其他一些领导人继续同尤金大使谈话时对他说："要讲政治条件，连半个指头都不行"，"你们可以说我是民族主义"，"如果你们这样说，我就可以说，你们把俄国的民族主义扩大到中国的海岸。"

　　尤金第一次来谈，毛泽东便严肃地问他："你们是什么意思？为什么要这么个搞法？"尤金解释不清。毛泽东有些恼火，严厉地说："你讲不清，请赫鲁晓夫来讲！"

就这样，尤金给赫鲁晓夫拍了电报，赫鲁晓夫决定马上访华。

7月31日赫鲁晓夫来到北京。

在会谈中，赫鲁晓夫首先埋怨尤金，说他可能没有听明白苏联领导的意思，然后说明自己的想法。大致谈的是，根据一项协定，苏联的飞机可以在中国的机场停留加油。现在台湾海峡的局势紧张，美国第七舰队活动猖狂，苏联舰队进入太平洋活动是为了对付美国的第七舰队，远程潜艇服役后，需要在中国建一个长波电台等等。

赫鲁晓夫打着手势讲了十几分钟，加上翻译，就讲了有半个多钟头。毛泽东神色肃穆，不停地吸烟，望着赫鲁晓夫默默地听。突然，毛泽东抬手做个手势，只说了一句话："你讲了很长时间，还没说到正题。"

赫鲁晓夫一怔，随即显出尴尬："是啊，是啊，你别忙，我还要继续讲，继续讲下去……"

毛泽东问："请你告诉我，什么叫共同舰队？"

"嗯，嗯，"赫鲁晓夫支支吾吾地解释，"所谓共同嘛，就是共同商量商量的意思……"

"请你说明什么叫共同舰队。"毛泽东抓住要害不放。

"毛泽东同志，我们出钱给你们建立这个电台。这个电台属于谁对我们无关紧要，我们不过是用它同我们的潜水艇保持无线电联络。我们甚至愿意把这个电台送给你们，但是希望这个电台能尽快地建起来。我们的舰队现在正在太平洋活动，我们的主要基地……"

毛泽东越听越恼火，拍了一下桌子，愤然站起，指着赫鲁晓夫的鼻子："你讲的这一大堆毫不切题。我问你，什么叫共同舰队！"

赫鲁晓夫脸涨红了，仍然搪塞道："我们不过是来跟你们共同商量

毛泽东与赫鲁晓夫。

商量……"

"什么叫共同商量，我们还有没有主权了？你们是不是想把我们的沿海地区都拿去？"毛泽东愤怒地说，"你们都拿去算了！"

赫鲁晓夫耸耸肩，带着鼻音嘟囔着："我们没有这个意思，不要误解。我们在家里已经商量过了，现在是和我们的中国同志商量，就是要共同加强防御力量……"

"你这个意思不对。"毛泽东重新坐下，他至今还没有附和过一句赫鲁晓夫。在1957年的莫斯科会议上，毛泽东还注意选择一些有共同点的问题谈谈，这次不然，"你明明是搞联合舰队！"

赫鲁晓夫皱起眉头，提高一些语音："我们只不过是来跟你们一块商量商量，没想到引起你们这么大误解。"说着，赫鲁晓夫愠怒地连连摇头，"这就不好商量，不好办了。"

赫鲁晓夫曾多次责怪埋怨尤金不会办事，现在这样收场他大约也感到不好下台。想了想，又建议："毛泽东同志，我们能不能达成某种协议，让我们的潜水艇在你们国家有个基地，以便加油、修理、短期停留？"

"不行！"毛泽东断然拒绝，"我不想再听到这种事！"

"毛泽东同志，北大西洋公约组织国家在互相合作和供应方面没有什么麻烦，可是我们这里竟连这样的一件事都达不成协议！"

赫鲁晓夫微露愤懑。

毛泽东说："不能！"

赫鲁晓夫忽然一笑："为了合情理，假如你愿意的话，毛泽东同志，你们的潜艇也可以使用我们的摩尔曼斯克作基地。"

"不要！"毛泽东慢条斯理地说，"我们不想去你们的摩尔曼斯克，不想在那里搞什么名堂，也不希望你们来我们这儿搞什么名堂。"

赫鲁晓夫无声地望着毛泽东。

毛泽东继续讲道："英国人、日本人，还有别的许多外国人已经在我们国土上待了很久，被我们赶走了。赫鲁晓夫同志，最后再说一遍：我们再也不想让任何人利用我们的国土来达到他们自己的目的了。"

"不同意就不同意吧，我们不提这个建议了。"似乎就此结束他也不好下台，赫鲁晓夫不无遗憾地说，"为什么要这样误解我们呢？毛泽东同志，你是知道的，我们苏联是对你们中国作出了许多帮助……"

"这是另一个问题，"毛泽东用柔和的声音将援助和主权的问题区分开，礼貌而不失坚定地重复一句，"是另一个问题。"

直到20年后，在莫斯科过着黯淡的退休生活的赫鲁晓夫对他同毛泽东的这次会见仍耿耿于怀，他在回忆录中写道："我记得很清楚，1958年毛泽东是如何断然拒绝了我们要求在军事合作方面的努力的。我不明白他为什么这样动怒，他始终也没有允许我们在中国建立潜水艇基地。"

在这次中苏最高级会谈中，苏联领导人没有再坚持他们原先的建议。但围绕长波电台和共同舰队而发生的争执给中苏关系投下了新的阴影。

《中苏国防新技术协定》签订后，总的来说，1957、1958年，协定执行得比较顺利，苏联向中国提供了几种导弹、飞机和其他军事装备的实物样品，交付了相应的技术资料，并派出有关的技术专家来华指导。苏联的帮助，对中国在尖端武器研制方面的起步工作，起到了重要的作用，这一点中国人民心存感激。当时，毛泽东曾发出指示："四海之内皆兄弟，一定要把苏联同志看成自己人。"这个指示也极大地鼓舞了在我国的苏联专家。

最初的顺利滋长了某些人的依赖心理，有人说，有苏联援助，听苏联专家的，照着苏联提供的路子干就是了，工业和科研设备可以整套进口，何必自己再费那么大劲去搞什么自力更生？

聂荣臻认为，这是一种错误倾向，他一有机会就发表他的意见：自力更生永远都是对的，永远都不会过时。如今我们向苏联人学习，仍然是为了将来能够自力更生。

聂荣臻心里非常清楚，从根本上说，不能指望苏联把最先进的东西卖给中国。聂荣臻感到，他们总是要让中国落后它一代，甚至两三代。苏联人的这个意图，他看得很清楚。

对苏联提供的样品，聂荣臻反复告诫负责接收的部门：是新的还是旧的？他有这方面的教训。抗美援朝时，苏联卖给中国的装备里就有不少二战时他们用过的旧货，刷上漆当新品运到中国。一次在火车站，他发现一辆坦克上的油漆还没有干透，就对同行的苏联顾问说："你这个坦克立过多少战功呀？"弄得苏联顾问很不好意思。

《中苏国防新技术协定》的核心内容，是苏联帮助中国制造原子弹、导弹。其中最核心的是原子弹。这方面，他们确实派来了一批核专家。导弹方面，给了两枚P—2型地对地导弹，一个营的导弹地面设备，另外还给了一点C—75地对空导弹，还有一种射程50左右公里的岸对舰导弹。但是，协定中最重要的苏联应向中国提供的原子弹教学模型和图纸资料，却迟迟没有到来。

一次，苏方通知原子弹的实物样品已经运到了绥芬河，要中方派人去接收。当中方做好全部准备并按时赶到预定地点时，苏方又说"样品还没有到"。情况报到聂荣臻那里，聂荣臻不由得心生疑窦。

1958年苏联专家在勘查途中。

后来，苏方就是以种种借口拖延不给。先是要看是否有专门的储藏仓库，等我国将专门仓库盖好后，又提出保密条件不够；而在中国采取相应的保密措施，苏方专家也表示满意后，1958年10月，苏联原子能利用总局供应局局长波利雅可夫复函中国二机部副部长刘杰："鉴于教学模型及资料储藏室的建筑工程将于1958年10月完工，教学模型及技术资料将于11月发至中华人民共和国。"

但是到了限期，苏方还是拖着不给。

赫鲁晓夫下台后在晚年的回忆录中道破了其中的秘密：

我们的专家建议我们给中国人一枚原子弹样品。他们把样品组装起来并装了箱，随时可以送往中国。这时，我们负责核武器的部长向我作了汇报。他知道我们同中国的关系已经恶化到了不可挽回的地步。

我们专门开了一次会，决定该怎么办。我们知道，如果我们不给中国送去原子弹，中国人一定会指责我们违背协议，撕毁条约等等。另一方面，他们已经展开了诽谤我们的运动，并且还开始提出各种各样令人难以置信的领土要求。我们不希望他们获得这样的印象，好像我们是他们驯服的奴隶，他们要什么，我们就给什么，而不管他们如何侮辱我们。最后，我们决定推迟给他们送去样品的时间。

而蒙在鼓里的中国还在组织代表团，准备启程赴苏就上述问题进行谈判。

1959年，西藏上层反动分子发动叛乱，紧接着中印关系紧张起来，

1959年赫鲁晓夫（右一）与艾森豪威尔（中）、尼克松（左一）在一起。在这次访问前，赫鲁晓夫终止了《国防新技术协定》中向中国提供原子弹教学模型和图纸资料的协议。

苏联领导集团不顾事实真相和中方提出的劝告，授权塔斯社，公开发表中印边界事件的声明，有意偏袒印度，这等于把中苏分歧公诸于世。

这个时候，聂荣臻已经隐隐预感到，中苏两国的分歧肯定会影响到《国防新技术协定》的执行。

1959年7月初，聂荣臻在庐山出席中央政治局扩大会议期间，收到二机部的报告。报告附有6月20日苏共中央致中共中央的信。信中以当时苏联与美国、英国等西方国家正在谈判禁止核武器试验的协议，赫鲁晓夫与艾森豪威尔即将在戴维营举行会谈为理由，怕"西方国家获悉苏联将核武器的样品和设计的技术资料交给中国""有可能严重地破坏社会主义国家为争取和平和缓和国防紧张局势所作的努力"，暂缓按协定向中国提供原子弹教学模型和图纸资料，两年以后看形势发展再说。

聂荣臻通知二机部长宋任穷、副部长刘杰、总参装备计划部部长万毅于7月14日，庐山会议快结束的时候，到庐山汇报，商量对策。

宋任穷后来回忆说：

"在庐山期间，关于苏共中央来信和我们分析研究的情况，我向彭老总和聂老总作了汇报。彭老总由于在受批判，听完我们的汇报后，没有讲什么意见。聂老总说，苏联不给，我们就自己搞。我说，我们一方面自己搞，一方面要说他们不履行合同，继续向他们要。当时我还带了一份由刘杰亲笔代中央草拟的给苏共中央复信稿。在向周总理汇报时，请示总理要不要复信，总理说，中央研究过了，我们不理他那一套。他不给，我们就自己动手，从头摸起，准备用八年时间搞出原子弹。"

为了记住这个特殊的日子——1959年6月，后来，中国第一颗原子弹工程的代号就定为"596"。

1959年9月30日，赫鲁晓夫访美之后匆匆赶到北京，参加新中国国庆10周年庆典，这是他最后一次访问中国。他在机场发表讲话说："我是刚刚下了那架飞机，就登上了这架飞机。"

有记者问赫鲁晓夫这次到中国来带了些什么，赫鲁晓夫自以为得意地拍了拍口袋说："我这个口袋装的是友谊，那个口袋装的也是友谊。"

可是友谊却始终装在他自己的口袋里没拿出来。

国庆大典中，在天安门城楼的休息室里，赫鲁晓夫冷冷地对毛泽东说："关于生产原子弹的事，我们是不是把专家撤回去？"毛泽东回答道："我们可以自己试试，这对我们也是个锻炼。"

赫鲁晓夫在参加中国国庆招待会时，影射中国，说中国是什么"好斗的公鸡"。这表明，苏联有意挑起事端，使两党之间的争论公开化。

聂荣臻清醒地意识到，赫鲁晓夫领导集团撕毁所有科技合作协定的日子已经为期不远了。他要秘书把各个方面的情况搜集一下。很快，工业、科研、国防等有苏联科技援助项目的单位，都把情况报了上来。不少单位都出现了苏联拒绝援助、苏联专家消极怠工的现象。

1960年1月在上海举行的中共中央政治局扩大会议上，聂荣臻将中苏经济援助与科学技术协作方面的变化情况，先报告了毛主席和周总理，然后又在会上就此作了发言。

他在发言中提出："苏联很有可能在不长的时间内，终止与中国的协定。"

"米格21飞机和导弹的技术资料，苏联都卡住不给了。看来，靠苏联援助肯定靠不住了。苏联为了保持领先地位，加上对中国不放心，所以在国防新技术方面加紧限制的情况，已经越来越明显。我们已经摸清了他们的基本意图，就是在尖端武器装备的科学研究上，使中国与它保持相当的距离，只同意我们仿制苏联即将停产甚至已经停产了的装备。总之，他们是想长期使中国停留在仿制阶段，处于依附地位。"

会后，他向中央书记处写了《关于中苏科技合作中出现新情况的报告》。聂荣臻报告的大意是，中苏科技合作出现了新情况：我向苏方要一般的通用资料、原材料、设备还能要到，精密和非标准设备，特种原材料苏方卡住不给了；一般仿制、工艺专家还能请到，设计专家请不到了。相反，苏方向我国索要的科技成果却成倍增加，而且过去大多是要些农业、轻工业、手工业、中药等传统技术，现在要的都是新技术了。这应该引起我们警惕，研究对策。聂荣臻提议，我方能承担的科技合作项目，仍积极承担，以争取主动。周总理完全同意聂荣臻的意见。

1月上海中央政治局扩大会议后，紧接着广州开军委扩大会议，会议讨论了我军战略方针和国防建设等问题，通过了1960年的国防建设工作纲要。会议还明确提出"两弹为主，导弹第一，努力发展电子技术"的发展国防尖端技术的方针。3月下旬会议结束，聂荣臻同贺龙、罗瑞卿共同视察桂、黔、川、陕四省的主要城市和军事工业布局的建设状况。

从3月26日回到北京，到7月苏联撤走专家、断绝技术援助之前的3个多月中，聂荣臻为迅速组建中国"两弹"的独立研究制造、试验的体系，日夜操劳、忘我工作。

3月28日，是他回来的第三天。聂荣臻致信给苏联驻中国国防部专家组组长大将巴托夫，表示中国仿苏制导弹的几种型号，将在当年底和1961年初陆续出厂，希望苏联国防部在中国进行靶场试验时，能临时派遣专家组来华，帮助组织与试验有关的各项工作。同日，聂荣臻亲自审改了致苏联国防部长马利诺夫斯基元帅的电报稿。电文说，中国导弹试验靶场第一期工程将在今年6月间完工并交付使用，拟在5—6月间用苏联供应的两枚地地导弹进行实弹射击，请苏联供应火箭所需的液氧等燃料，并请派9名专家来帮助训练操作，指导实弹射击。

3月31日，聂荣臻和张爱萍一起听取五院王秉璋汇报，指示五院要处理好仿制与自行设计的关系，仿制的技术力量可以转移一部分到自行设计上，但在自行设计的新型号未投入试制前，仿制生产不可停，以防工艺技术生疏了。

4月初，在听取宋任穷汇报最近赴苏拟与其中型机械工业部长斯拉夫斯基谈判，要求继续履行援建中国原子能工业的合同时，聂荣臻指示宋任穷，二机部要抓住此次有利时机，抓紧核反应堆的设计和建设，争取尽快把它建起来。

由于我们有了警惕，在苏联领导集团撕毁协议、中止援助的图谋还没有向他们的下属传达的时候，二机部抓住机会，采取了两个行动：一是抢建浓缩铀厂主工艺厂房，搞好设备安装条件，紧逼苏方交付设备。浓缩铀厂是生产原子弹核装料的关键工厂。1959年12月初，苏联专家负责人到现场察看，估计至少还要一个多月才能完工。有些专家态度友好，要我们抓紧工作。结果我方用10天时间就把主厂房建好了，而且满足了对清洁度的严格要求，迫使苏方不得不按时提供了主工艺设备。二是对苏联专家热情友好，千方百计把苏联专家的技术和资料学到手。聂荣臻对二机部的这种做法很赞许。

还是在这个月，聂荣臻两次听取五院工作汇报，再三强调加速仿制和研制工作，支持科学家们的工作，减少他们的事务，特别点名减少钱学森等专家的行政事务。聂荣臻焦虑地说："我现在要问在座的各位，有无信心？有什么困难？还要什么保障条件？你们都可以提出来，什么都可以为你们解决。再好的将军，不打败仗是不可能的，失败十次、百次，从中吸取教训就可以成功。"

连续紧张的工作使他十分疲劳，医生告诫要注意休息，防止心脏病再犯。但聂荣臻未放心上。

4月16日，他和中国科学院副院长张劲夫以及钱学森同赴上海。18日，他们同到江湾机场，在简易试车台观看新型探空火箭发动机地面热试车。聂荣臻对设计院杨南生、王希季等全体技术人员艰苦奋斗、勇于探索的精神评价很高，希望他们加倍努力工作。

连续数月的操劳，使聂荣臻在5月2日心脏病复发，第二天进入上海华东医院住院治疗。

6月4日，聂荣臻身体刚好不久，再度给安东、王秉璋、刘有光、王诤致信说："从设备分交代表团五院小组与苏方谈判情况看，苏方对五院的设备供应，坚持拖至1963年供完，明年只答应供×××万卢布，采取尽量少供甚至不供。有鉴于此，为了使五院明年所需要的设备不致产生或少产生缺口，除继续尽最大努力争取苏方增加供应和跳出苏联框框，积极向德、捷等国订购外，请你们研究如何将五院所需设备尽速立足于国内。凡在苏方订到样品或图纸者，如数量不足，就积极在国内安排仿制；有些设备估计短期内苏方不可能供应者，要根据条件，大胆地进行独创设计，不要怕走弯路。重大的仿制和设计项目，要及早提交计委，力争安排在国家年度计划内。在仿制和设计时，不要只看着某几个厂子和某几个部门，而要多找门路。以上意见请你们作一研究。"

6月23日，聂荣臻在同陈赓、刘亚楼、张爱萍等研究五院工作时，说："苏联对已经答应援助的和几个协定之内应该给我们的东西，他们一拖再拖，就是不给。因此，我们必须自力更生，无非是拖长些时间，困难一点而已。我们要争口气，不能低三下四。但协定这条线我们不主动断。《10月15日协定》中规定给我们的东西，能够要到的就要，要不到就算了，不勉强。要记下这笔账。非标准设备我们也要自己干，我们要向有真才实学的苏联专家学习。在研究、设计中，主要应该依靠我们自己的专家。"

7月3日，这是苏联正式撕毁中苏全部援助协定的前13天，聂荣臻给中共中央并毛泽东主席写了一份报告，就他随着中苏关系的变化一直在考虑的我们在独立自主地发展科学技术上应该怎么办的问题，向党中央提出了三点建议：

一、苏联在重要技术关键上卡我们，令人气愤，但气愤并没有用，一定要争口气。有可能这么一逼，反而会成为发展我国科学技术的动力，会使我们更加坚决地在科学技术上力争独立自主，依靠自己，而不是指望外援。第一个五年计划时期，重要建设的设计、设备和技术大都是成套进口，这一段对我们很有帮助，使我们能迅速掌握技术。但是，另一方面也带来了某些科学技术上的依赖心理，有些同志总想伸手向人家要，无形中放弃了自力更生的方针。目前国民经济中一般技术问题大体上解决了，还有一些重要的环节尚待解决，只要我们努力是可以解决的。尖端技术方面虽然还差，但也已经从无到有，打下了一些底子，在科学技术上已经找到了我们自己的一些路子。因此，在新的形势面前，我们继续坚持独立自主、自力更生的方针是可能的。（周恩来总理阅时在此旁批：独立自主、自力更生、立足国内。）

二、今后科技来往应采取新的做法。凡协议上有的项目，我们到时候就要询问，仍然要。但对方不给，绝不再催，挂上一笔账。协议以外的新要求就不提了。对例行的年度中苏科技合作，也以少提为好。我方已经签字承担的义务，如提供苏方技术资料、接受来华考察等，在一般科学技术范围内，我们仍应按协议如约完成。对苏联专家，要贯彻中央所指示的方针，坚持原则、坚持团结、多做工作。派留学生的方针也要重新考虑，对方限制重重，去了学不到什么新技术，因此最近应少派，但不中断。

三、独立自主，立足国内，绝不意味自己封锁自己。（周恩来总理在此旁批：关于科学技术：一、要。十分必要的仍然要提。他们不给，不强求。二、学。仍派留学生、研究生、实习生、研究员，已经去的，必须学好，不给学就不学；对来我国专家，必须派人向他们认真学习，不教就不学。三、买。凡可购买的重要技术资料，应从西方国家千方百计地买到，买不到的，应另行设法搞到。四、钻。不管要到、学到、买到与否，或者多少，主要还靠自己钻研，自己不钻，不仅不能有独特的创造发明，而且也不能把要到学到买到的用于实际和有所发展。）

对这个报告，毛主席、刘少奇和邓小平都圈阅同意。周总理在聂荣臻报告的有关部分作了许多旁注批示，积极支持聂荣臻的建议。

夜以继日，未雨绸缪，我们的老一辈无产阶级革命家为中国独立自主、自力更生发展国防尖端事业，真可谓呕心沥血、殚精竭虑。

刘杰与苏联专家。

中国共产党历来主张，各国共产党之间的意见分歧，应该通过内部的平等协商和同志式的讨论与争论，求得认识上的接近和一致；一时解决不了的，可以耐心等待，让实践来证明谁是谁非。但是，1960年6月，赫鲁晓夫却利用21国共产党和工人党参加罗马尼亚工人党第三次代表大会的机会，策划了"布加勒斯特会议"，对中国共产党组织围攻，搞突然袭击。当中国共产党表示"宁可被碾得粉碎也决不屈服"之后，苏联进一步在国家关系方面对中国加大压力。

1960年7月16日，苏联突然照会中国，要把苏联专家和顾问从中国召回，而且不等中国答复，在7月25日就通知说，在华工作的全部专家将于7月28日至9月1日期间离境。同时，苏联还片面中止派遣按照两国协议应该派遣的900多名专家来华。

7月18日，消息传到北戴河。毛泽东对前来汇报的李富春说："要下决心搞尖端技术，赫鲁晓夫不给我们尖端技术，极好！如果给了，这个账是很难还的。"

7月21日，中方复照苏方，希望苏联政府重新考虑并且改变召回苏联专家的决定，表示愿意挽留在华工作尚未期满的全部苏联专家，继续按原定聘期在中国工作。但是，苏方以毫无商量余地的态度，在一个月的短时期内，撤走了中苏两国政府签订的12个协定和两国科学院签订的1个协定书以及300多个专家合同和合同补充书，废除了200多个科学技术合作项目。

事实上，在中国国防尖端部门工作的苏联专家，在照会之前就已开始撤离。

7月6日，在北京核工程设计院工作的8名专家在合同尚未到期的情况下奉命提前回国；

7月8日，正在兰州浓缩铀厂现场负责安装工作的5名专家也突然撤离；

到8月23日，在中国核工业系统工作的223名苏联专家全部撤走回国，并带走了重要的图纸资料。

应该说，苏联专家在我们研制原子弹初期给予了一些有益的帮助。二机部第一任部长宋任穷回忆说："1958年六七月间，苏联派三个搞核武器的专家来华考察和帮助工作。先到青海看了核武器研制基地厂址，7月15日回北京做了报告。我、刘杰、袁成隆、钱三强、吴际霖、郭英会等都去听了。这次报告对我们原子弹研制初期工作是有益的，起到了引路的作用，加快了研制进程，争取了一些时间。可是他们讲的，毕竟只是一种教学概念，不是工程设计，而且有的数据根本不对，苦了我们用两年左右的时间，经过反复计算才完全弄清楚。后来的研制工作，完全是靠我们自己的科技人员……那次报告之后，我请这几位苏联专家在北京饭店吃了一顿饭……这些专家对我们是友好的，他们有的过去当过红军，后来才改学技术。"

苏联专家撤走之后，周总理有一次问刘杰："那些专家同我们还有联系吗？"

刘杰答："有的过年过节寄个贺年卡。"

周总理说："不能忘了他们，我们将来响了，也有他们一份功劳。"

中国用依依惜别的心情送走了为中国建设事业做出贡献的苏联专家，但也严肃地向决定召回这些专家的苏联领导人表示，中国决不屈服于苏联的压力。1960年9月中苏两党的高级会谈中，在谈到苏联领导人把两党的分歧扩大到国家关系时，中共中央总书记邓小平坦率地说：

"中国共产党永远不会接受父子党父子国的关系。你们撤退专家使我们受到损失，给我们造成了困难，影响了我们国家建设的整个计划和外贸计划，这些计划都要重新进行安排。中国人民准备吞下这个损失，决心用自己双手的劳动来弥补这个损失，建设自己的国家。"

# 八

钱三强说，
中国已经改朝换代了，
尊严和骨气再也不是埋在地下的矿物。

1960年11月，苏联专家撤走后，一枚"争气弹"腾空而起。

大饥荒，周恩来亲自打电话嘱咐："不能让他们饿着肚子研制原子弹。"

青海省给核武器研制基地调来了4万只羊。

中国共产党人没有动摇奋发图强的壮志和雄心，站立起来的中华民族依然直挺着不屈的脊梁，艰难而又坚定地走着自己的路。

1960年初，我国准备用国产燃料发射苏制导弹，苏方却说中国燃料不合格，国产燃料被迫倒在戈壁滩上。苏联专家撤走后，发射基地特燃处年轻的科技人员反复检验，梁守槃等火箭专家立下军令状，保证国产燃料完全合格。

就在苏联专家撤走后的第17天，我国用国产液体燃料成功地发射了一枚苏制导弹；1960年11月5日，苏联专家撤走后的第83天，我国自己制造的这枚被称做"争气弹"的导弹"东风一号"腾空而起，准确命中目标。

在现场指挥这次发射的张爱萍将军高兴地跳起来，和钱学森等专家紧紧拥抱在一起。聂荣臻元帅激动地说："在祖国的地平线上，飞起了我国自己制造的第一枚导弹。这是我国军事装备史上一个重要的转折点。"

1960年，我国登山健儿将五星红旗插上珠穆朗玛峰，给在困难中苦斗的中国人民带来极大振奋。周恩来总理说："我们在尖端技术上，要像攀登珠穆朗玛峰那样前进。"

1961年7月16日，中共中央发出《关于加强原子能工业建设若干问

周恩来（中）、陈毅（右二）、贺龙（右一）同西哈努克（左二）在钱三强（左一）陪同下一起参观原子能研究所。

题的决定》，指出：为了自力更生突破原子能技术，加速我国原子能工业的建设，中央认为有必要进一步缩短战线，集中力量，加强有关方面对原子能工业的支援。

身为二机部副部长兼中国科学院副秘书长和原子能研究所所长的钱三强，承担着各有关技术协作项目的具体组织领导工作。他说："作为一个有爱国心的知识分子，此时此刻的心情是什么滋味，这很清楚，这对于中国的原子核科学事业，以至于中国历史，将意味着什么。前面道道难关，只要有一道攻克不下，千军万马都会搁浅。真是这样的话，造成的经济损失且不说，中华民族的自立精神将又一次受到莫大创伤……但是，历史的进步是客观存在。中国已经改朝换代了，尊严和骨气再也不是埋在地层深处的矿物。"

他贯彻部党组的决定，除继续致力于原子能所的学科建设外，开始调整所内科技力量为二机部的一线任务服务。为解决当时正在建设的气体扩散工厂首批六氟化铀供料，他组织了生产工艺攻关，为扩散机的核心元件分离膜安排了预研。他在原来已经在院内为原子弹和核潜艇的研制布好点的基础上，又安排了一批为氢弹设计所需的理论和实验课题，还安排了核武器所需的轻重核材料制备的工艺研究，以及为核工业服务的辐射防护研究等。当后来部党组决定成立一批专业的研究所和工厂时，原子能研究所又不失时机地将有关研究室组成建制地调出去，成为新建所和工厂的基础力量。

从1959年至1965年7月，原子能研究所调给外单位的科学技术人员共计914人，其中正副研究员、正副总工程师28人，助理研究员、工程师147人，研究实习员、技术员712人。与此同时，还为部内兄弟单位培训了1706名科学技术干部，加上1958年以来为高等院校等单位培训的

钱三强（右四）与科技人员在原子能研究所前合影。

曾有人说："在中国研制'两弹'的悲壮进军中，原子能研究所是'满门忠孝'。"

1185名科学技术人员（包括到该所实习的研究生和大学生），和为全国各省市培训的976名放射性同位素应用人员，共输送和培训了4781名科学技术人员。这些人员中的多数都成为"两弹"攻关和核科研中的中坚力量。在原子能研究所，钱三强曾不止一次地讲：

"要顾全大局，打破本位主义思想……舍得把最好、最顶用的人用到最需要、最关键的地方去，不分是你的还是我的。这样既解决了急需，为国家做出贡献，又能使人员交流，人才成长。好的人才输送出去了，年轻些的就很快地自然成长起来了。就像割韭菜一样，一茬接着一茬……"

曾有人说过：在中国研制"两弹"的悲壮进军中，原子能研究所是"满门忠孝"。

钱三强同参加研究用气体扩散法分主铀同位素的王承书谈话时问："你愿意隐姓埋名一辈子吗？"这位从海外归来的女科学家坚定地回答："我愿意！"

正在莫斯科杜布纳联合核子研究所工作的周光召、吕敏、何祚庥等二十几名中国专家，得知苏联撤走专家的消息，立即奋笔请缨，他们表示：作为新中国培养的一代科学家，我们随时听从祖国的召唤！

位于北京城北的一座灰楼，是中国核武器研制最早的阵地。王淦昌、彭桓武、郭永怀、朱光亚、程开甲、陈能宽、邓稼先、龙文光、疏松桂等专家先后集结在这里，秘密地进行着原子弹技术的艰难攻关。同时，在钱三强的组织下，于敏、黄祖洽、何祚庥等专家在原子能研究所悄悄开始了氢弹原理的理论探索。

当中国的原子弹、氢弹爆炸成功后，许多不知内情的人往往想当然地去寻找或制造中国的"原子弹之父"、"氢弹之父"。其实，当代科

核物理学家王承书在工作。

钱三强同王承书谈话时问："你愿意隐姓埋名一辈子吗？"这位从海外归来的女科学家坚定地回答："我愿意!"

学早已不是爱迪生时代，原子弹、氢弹的研制是一个十分庞大的系统工程。中国没有"原子弹之父"、"氢弹之父"。中国的核武器事业是集体的事业，它取得的每一次成功都凝聚着千百万人的奋斗和创造。辉煌和光荣不属于哪一个人，却属于每一个人，属于每一个在这条战线上埋头苦干的无名英雄。他们是中国驾驭核火的一代精英，一代元勋，是中国铸造核盾牌的集体英雄，集体功臣。

在北京的一间办公室里，朱光亚对我们讲述了中国核事业起步的艰难和创业的艰辛：

"当时，主要的困难就是资料很少，可以说几乎没有什么资料。我们调来的人就算是骨干，也有一个熟悉的过程，也要学，不学不行……"

在采访中，我们问彭桓武院士为何来搞原子弹，他认为这是一件非常自然的事情："这件事总要有人来做，国家需要我来，我就来了。"

彭桓武担任了第四技术委员会主任。在北京那座著名的灰楼里，彭桓武指导那些年轻的科教人员研究、计算；在青海高原的金银滩，彭桓武参与指导核爆前的重要爆轰试验。在罗布泊的核试验基地，他洒下了心血与汗水。在他身边，成长出一批批年轻的科技专家。

几十年后，他主持的科研成果荣获了国家自然科学一等奖，彭桓武的名字被列在九名获奖者的首位。当研究所所长送来唯一的一枚金质奖章时，他执意不收，说："这是集体的功勋，不应由我一人独享。"

60年代初，二机部部长刘杰和副部长钱三强约请王淦昌，告诉他党中央决定让他参加核武器研制工作。这位发现反西格马负超子的科学家毫不犹豫："我愿以身许国！"

从此，王淦昌的名字在国际物理学界消失了。核武器研制队伍中有

物理学家王淦昌。

王淦昌是发现反西格马负超子引誉世界的大科学家。当需要
他隐姓埋名从事核武器研制时，他说："我愿以身许国。"

了一位化名王京的领导者和学术带头人。他被任命为第二技术委员会主任，负责非核部件的试验。

在长城脚下的爆轰物理试验场，王淦昌带着许多年轻人天天与炸药、雷管打交道。风沙弥漫，常常是没做完试验人就变成了土人。王淦昌还为固体炸药工艺、新型炸药的研制、射线测试和脉冲中子测试等日夜操劳，指导解决了一系列难题。

一年以后，年近花甲的王淦昌又带人来到青海高原。在高山缺氧、呼吸困难、吃不下饭、睡不好觉的艰苦环境中，他仍日夜坚持工作，对每项技术，每个数据严格把关，一丝不苟，为第一颗原子弹的成功付出了心血。当1964年10月16日那朵蘑菇云升起时，他的学生、同事含着热泪蜂拥而上将他围住，他皱纹深深的脸慢慢绽开一丝笑纹，讷讷地说："真有趣……"

在采访中，我们看到了这样一张照片：1992年11月，王淦昌、朱光亚、彭桓武、陈能宽、程开甲等科学家来到大西南的一座科学城，回到了曾经朝夕相处的战友们中间，他们的笑容是那么亲切，那么愉快。

但是，人们永远不能看到力学专家郭永怀的笑容了。他已化作一尊凝重的雕像，默默站立在北京中国科学院力学所的绿树丛中。

在郭永怀的文集中，文稿只收集到1957年。他在美国时始终拒绝参加任何机密工作，而当祖国需要时，却义无反顾地全身心投入到原子弹研制的秘密工程中。郭永怀负责核武器的力学部分和武器化，被任命为第三技术委员会主任。他组织大家对核装置的结构力学、结构强度、压力分布等进行具体的研究计算，指导各种试验。1968年12月5日，因飞机失事郭永怀永远离开了我们。在那无情的烈火中，他仍然紧紧抱着那个装有核武器资料的皮包。周恩来立即命令有关部门，要彻底查清事

核物理学家邓稼先。

邓稼先曾说："做好了这件事，就是为它死了也值得。"

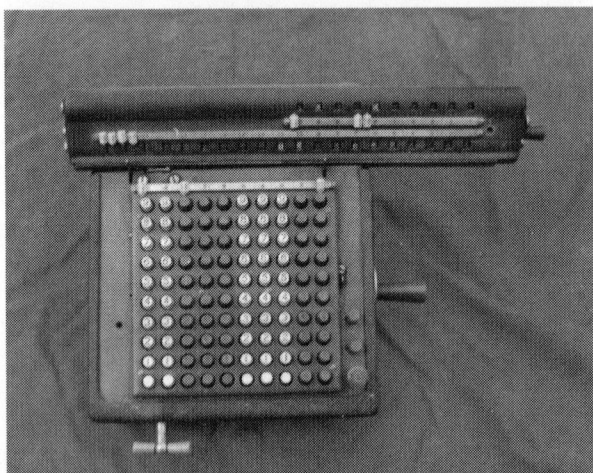

九次运算用的手摇计算机。

故的原因。钱学森十分沉痛地说："一个生命，有智慧的人，一位世界知名的力学家离开了人世，生和死，就那么10秒钟！"在采访中，我们到中关村看望了郭永怀的夫人李佩教授，李佩教授说："如果郭永怀活着，他一定会为今天祖国的强大高兴的。"

那是我们国家最艰难的岁月，邓稼先和他的同事们开始了艰苦的理论攻关。他们最先进的运算工具只是一台乌拉尔计算机，大量的数据主要靠手摇计算机和计算尺，甚至用算盘来运算。现在人们都知道陈景润演算的那几麻袋稿纸，可很难想象，邓稼先他们演算的稿纸竟装了几十麻袋，堆了满满一大间仓库。

胡思德等4名青年科技人员，经过180多个日日夜夜的艰苦努力，建立了包括高、低压等整个压力范围内的状态方程，为原子弹的总体力学计算提供了依据。

原子能研究所那个临时搭起的简陋工棚里，在物理学家何泽慧的指导下，王方定小组的青年科技人员经过了几百次试验，研制出了点火中子源。与此同时，青海高原核武器研制基地的基本建设也在抓紧进行……

这时，正值我国连续三年遭受严重自然灾害，再加上苏联索债、帝国主义封锁，国民经济出现了空前的困难。

导弹、原子弹研制和试验基地经受着饥饿的威胁，许多工人、科技人员浮肿了，不少战士因营养不良得了夜盲症……戈壁滩稀有的榆树叶子，成了他们补充维生素的宝贵营养品；弱水河畔的沙枣叶、骆驼草籽成了他们充饥的食物。

从北京的实验室到西北大漠中的建设工地，科技人员、工人、解放军官兵丝毫没有停止攀登的脚步，他们咬紧牙关，用心血、用汗水、用双手、用肩膀、用热量不足的血肉之躯推动着共和国前进的车轮。

青海西北核武器研制基地和酒泉原子能联合企业的主要领导李觉、周秩等，想方设法保留队伍，维持局面，继续率领全体职工坚持战斗在施工现场。粮食不够吃，副食供应不足，他们就打骆驼草籽、打猎捕鱼，千方百计补充一点营养。

罗布泊核试验基地在最困难的时刻，"以戈壁为家，以艰苦为荣"成了全体同志最响亮的口号。车辆少，口粮运不来，张蕴钰司令员和常勇政委就率领机关人员徒步几十公里，一袋一袋往回扛；通向核爆心的公路，是战士们拉着石碴一步一步碾出来的。风沙扑面，汗流浃背，他们每天洗脸、刷牙却只有半盆水。

在孔雀河的故道上，一位工兵战士为打红柳条编筐迷失了方向，被荒原夺去了生命；助理员张荷泽1960年到哈尔滨调运奶粉时，发现有一袋破了，便用纸包起来如数运回基地，途中他宁愿饿着肚子也没吃过一口；器材处长李善调运物资的途中吃不饱肚子，就买几个生茄子充饥……

党中央时刻牵挂着国防科技队伍的温饱冷暖。周恩来总理亲自打电话给有关省市负责同志，从各地调拨粮食和生活用品。他在电话中嘱咐："要让科学家、技术工人、军队的干部战士吃饱，不能让他们饿着肚子研制原子弹。"在讨论五院、二机部需要解决的问题的书记处会议上，邓小平说："五院、二机部的科技人员，待遇要高些，工资要高些，生活安排要好些，由李富春同志挂帅，统一考虑解决五院、二机部所需的人力、物力、财力。"

正在协和医院住院的聂荣臻元帅，得知科技人员的生活困难，心里很不安，决定用个人的名义向北京、广州、济南、沈阳等军区的领导呼吁，请他们尽快设法给予支援，拨给国防科研战线一批猪肉、鱼、海带、黄豆、水果等食品。

就在聂荣臻向各单位发出呼吁后不几天，副总参谋长杨成武和北京军区副司令员郑维山到协和医院看望聂荣臻。聂荣臻专门对郑维山说"募捐"的事，他半开玩笑地说："我知道你们的家底，你们有生产、有东西，你一定要拿出一些来。你可不能小气呀！"郑维山的回答也很干脆："东西我一定搞一些，还可以打一些黄羊。"

陈毅元帅也来看望聂荣臻。听说此事，他对聂荣臻说："我举双手拥护，向各单位'募捐'，也加上我的名字。"他满腔热忱地对聂荣臻讲："科学家是我们国家的宝贝，要爱护，我这个外交部长腰杆硬，也得靠这些人。我们不吃，也得保障他们起码的生活。"

于是，全军、全国各族人民又一次勒紧腰带，把各种物品送到国防科研生产和试验基地。粮食部一次就拨给二机部西北三个厂几百万斤黄豆，青海省给核武器研制基地调拨了4万只羊。商业部、总后勤部在兰州成立了二级批发站，加强西北地区核工业部门和特种部队的生活资料供应。

核试验基地缺少车辆运输的困难反映到中央书记处，身为总书记的邓小平亲自同北京市市长彭真商量，决定把北京市刚领到的400辆解放牌汽车全部调拨给基地。当基地汽车兵们看到一辆辆崭新的汽车时，感动得流下了热泪，因为他们深知正是国家困难时期，解放车出产并不多，而北京市又何尝不需要这些车……

各军区支援食品送来了，聂荣臻对国防科委的领导说："这也是一项有力的政治工作。要把这些东西以中央军委的名义全部分配给每个专家和技术人员。"他特别说明，行政工作人员一律不分。笑了笑，又加了句：“我是要检查的！”

不久，聂荣臻真的派人检查来了。他要安东去五院检查，五院政委刘有光拍着胸脯说：“要是我们做后勤的干部吃了一口，开除我的党籍！”

# 九

聂荣臻说：

"不搞出两弹来，我死不瞑目！"

邓小平说：

"大家要记住那个年代。"

1961年8月，聂荣臻签发《导弹、原子弹应坚持攻关的报告》，这等于一份军令状。

1961年11月，一份"绝密件"送到毛泽东案头。

1962年3月，广州，周恩来说，就叫人民的知识分子；陈毅说，今天要给你们脱帽加冕。

正当二机部、五院克服重重困难，加速"两弹"研制进程的时候，1961年夏天，却在国防工业和国防科研部门，产生了"两弹"是"上马"，还是"下马"的激烈争论。

争论的起因，一是苏联撕毁协定，撤走专家，停止援助，给我国的经济建设，尤其是涉及尖端技术的建设，造成了极大的困难；二是党中央鉴于"大跃进"导致国民经济比例严重失调，正酝酿进行"调整、巩固、充实、提高"的八字方针。"两弹"的问题，又被提出来了。

1961年夏天，在北戴河召开的国防工业委员会工作会议上，关于"两弹"的争论达到了高潮。在当时，这场争论波及面很广，事关"两弹"的生死，所以，许多年后，还有人经常提起。

主张"下马"的同志，一是强调苏联的援助没有了；二是导弹、原子弹技术高度复杂，仅仅依靠我国尚不发达的工业和落后的科技力量，是难以造出"两弹"的；三是"两弹"花钱太多，在国民经济大调整的情况下，会影响国民经济和其他部门的发展。他们主张，不如把有限的钱用到常规武器上，只搞常规武器。未来几年内打仗，还得靠常规武器。用他们的话说："饭都吃不饱，还搞什么两弹。"有人甚至说："你打你的原子弹，我打我的手榴弹。"

聂荣臻当然是坚决反对"两弹"下马的。说严重点，他早把"两弹"看成了命根子，是国家的命根子。开弓没有回头箭，怎么能遇到一点困难就要下马？

来北戴河之前，在北京，他就听到了不少关于主张"两弹"下马的议论，其中有些是相当负责的领导同志，这引起他的警觉。他到北戴河时，会议已经开过几天了，在听取会议情况的汇报时，他越听越感到不安。显然，在困难面前，不少人对"两弹"的信心动摇了，这让聂荣臻感到焦虑。交流意见时，他不可避免地与一些领导人产生了矛盾和分歧。

事隔40多年之后，当年跟随聂荣臻到北戴河开会的范济生仍然清楚地记得当时的情形。范济生说："当时的气氛搞得很紧张，坚持两弹下马的人，和坚持继续攻关的人，互不相让，各说各的理，有时开着会，就吵起来，桌子拍得啪啪响。"

那些日子，面对激烈的争论，聂荣臻不断地找人谈话，调查研究，了解情况，了解的结果，更坚定了他继续研制"两弹"的信心和决心。于是在会上发言中，聂荣臻重申他的理由："两弹"研制已经有了一定基础，五院、二机部各拥有大学毕业以上的研究人员数千名和一批先进的研究装备，铀矿资源也能满足需求，"两弹"研制正在稳步取得进展。特别是有一批非常非常爱国的科学家，这是个决定性因素。"两弹"研制还带动了一系列科学技术的飞速发展。聂荣臻大声疾呼，"两弹"研制应该继续攻关。我们决不能放弃啊……

会上有人提出，各行各业都在搞调整，国防科研这一个摊子太大了，既浪费又人浮于事，应该减人。聂荣臻提出："国防科研减人不要一刀切，必须考虑留下的人员要配套。千万不要动筋骨，伤了元气。这几年，工程技术人员分散了一些，现在要下决心把分散了的收回来，要归队。否则，技术力量仍得不到解决，技术关仍过不了。国防尖端要积极搞，决不放松。"

一天，他在听取负责军工生产的一机部汇报情况时，说："常规武器要配套，尖端武器要研制，不能退缩下来。一退就会落后。一落后就是几十年，将来我们的后代会骂我们的。"

他的话有些人听进去了，有些人听不进去。争论仍在继续。原本凉风习习的北戴河，因为这场争论，变得燥热不堪。

安东、范济生、刘长明、甘子玉他们为聂荣臻感到忧虑。

后来范济生回忆：自从研制"两弹"之后，我们感觉每前进一步都很艰难。早期的调人、找房子，到后来的设备、投资、生产，"僧多粥少"，经常扯皮、打仗，尤其是科研和生产的矛盾，一天也没停止过，国防工业和国防科研似乎总是一对矛盾，总有打不完的仗。就为了这些，聂荣臻也得罪了一些人，原先他和一些人关系很好的，就为了这个，把人家得罪了。聂荣臻也受到了某些非议。可以说是费力不讨好。我和安东见他为诸多难事困扰，担心他的身体，尤其是他多次犯病而又不回家休息，更让我们担心。有一天，出于对聂总身体状况的关心，我对他说："聂总，您身体不好，事情那么多，又有那么多非议，您还是辞掉这副担子吧！""以前我也曾说过，'两弹'研制困难重重，矛盾太多，整天有扯不完的皮，反正都是党的，他们要上常规武器，就让他们上吧，他们不让搞两弹，我们就不搞了。"这一次，听到我们又劝他，聂荣臻火了，说："糊涂！遇到这么点困难，听到这么点议论，就想退缩，要干点事历来就没那么容易的。"并斩钉截铁地说："不搞出两弹来，我死不瞑目！"类似这样的话我听他说过好几次。有一次他还说："那是毛主席、周总理交代的，我也向毛主席、周总理保证过。搞不出'两弹'，我死不瞑目。"

8月4日，聂荣臻出席了国防工委工作会议，他在发言中说：

国防科研方面"两弹为主，导弹第一"的方针，是去年2月中央军委扩大会议确定的，后来得到了中共中央的批准。这个方针，并没有排除常规武器的研制，应该两条腿走路。中央军委的方针很明确，三五年内，不管打什么仗，都得靠常规武器打，这关系到国家的安危。三五年内，尖端武器是力争突破的问题，装备部队是靠不上的。现在，尖端武器研制遇到些困难，但这是个历史任务。在这个困难面前，是退还是进？我认为还是要敢于前进。就是不搞尖端武器，在新型原材料、精密仪器仪表缺乏和技术力量分散的情况下，常规武器也上不去。那就只有搞步枪、轻机枪等等。如果这个也搞不出来，那只有靠梭镖打仗。在当前的困难面前，不能动摇。尖端武器要上去，解决的办法是要缩短战线，研究试制的型号要排队。五院已经缩短战线，只先搞×××公里的地地导弹，另外设计×××地空导弹，仿制×××地空导弹……这好比过河，大家都想过，但桥就那么宽，谁先谁后，得排排队，否则一拥而上，就谁也过不去。困难是有的，但我们可以上去，不管是尖端武器还是常规武器，都不要退。

聂荣臻并列举了"两弹"研制的"家底"和技术攻关情况，用事实充分说明再努一把力，不久，我们是能够搞出"两弹"的。否则，将会推迟若干年。聂荣臻在这次会议上的讲话，打动了不少人。在日后的会议发言中，他们改变了"下马"的想法，支持两弹继续攻关。

聂荣臻当然清楚，不管怎么争论，最终拍板的还是党中央和毛泽东、周恩来等领导同志。"两弹"要继续攻关，必须得到党中央的支持才能够统一思想，统一步伐，才能够取得成功。于是，他又采取了一个措施，给毛泽东等中央领导同志写报告。

据原国家科委副主任刘西尧回忆说："1961年夏，聂荣臻副总理把我和国防科委计划局的同志找到北戴河，那时我已兼任国防科委副主任。他要我们起草了一个给中央的两弹要继续上马的报告。他的意见受到毛主席的重视和支持。"

8月20日，聂荣臻签发了《导弹、原子弹应坚持攻关的报告》，直接上报给毛泽东。报告中说：国防尖端技术的研究试验基地已具有一定规模，五院和二机部都已集中和培养了几千名大学毕业以上的技术干部，其中有技术骨干几百名，并已摸到了若干重大技术问题的关键，有些问题已经进入攻关阶段。五院研制的设备，可以保证中近程地地导弹的需要。二机部研制原子弹的原料和设备，在1964年几个矿山和工厂建成后，即可以制造一般的原子弹。因此争取三五年或更长一些时间突破国防尖端技术是有条件有信心的。

报告说：我们已经和正在采取的措施主要有两条，即调整任务和调整力量。调整的方针是：导弹方面以地地型号为重点，争取3年左右突破中程的，5年或更长一些时间突破远程的。在此前提下，适当发展地空导弹，推迟发展飞航式导弹。原子能方面，争取4年左右建成一套核燃料生产基地，设计试制出初级的原子弹，5年或更长一些时间，建成更先进的一套生产基地，设计试制出能在导弹上的比较高级的原子弹。

报告最后说：在暂时困难面前，要头脑冷静、实事求是地进行科学分析，越是困难，越需要树立信心，鼓足干劲。我们必须充分挖掘潜力，尽可能少花钱、多办事，力争在三五年或更长一点时间内，完成突破国防尖端技术和提高工业技术水平的历史任务。

说到底，这是一个坚持要把"两弹"搞出来的报告。某种程度上说，是一张军令状。4年左右，造出初级的原子弹；5年或更长一点时间，造出能装在导弹上的比较高级的原子弹。这便是聂荣臻给中共中央和毛泽东的"承诺"。

后来了解内情的人都说，这是一个很重要的报告。它的重要性就在于进一步增强了坚定了中央领导同志的信心。这份报告是给毛泽东、刘少奇、周恩来、林彪、邓小平、贺龙、罗瑞卿的，他们都圈阅同意。"两弹"坚持攻关的方针就这样定下来了，这让聂荣臻长舒了一口气。

10月，根据上述领导同志的表态和这个报告的基本精神，中央军委第31次常委会议作出决定：国防工业方面，科学研究着重搞尖端，生产主要搞常规，基本建设主要搞配套。尖端要搞，不能放松，这不仅是个军事问题，而且是个政治问题。

自此，两弹"下马""上马"之争基本平息，"两弹"攻关的任务得以坚持下来了。中央和军委的决定，是一个历史性的决策。

事情定下来了，聂荣臻心里对原子弹方面仍然有点不踏实。他把国防科委副主任张爱萍、刘西尧和已经担任二机部部长的刘杰请来，请他们到二机部所属主要单位去搞调查研究：我国能否自力更生地制造出原子弹？什么时候可以爆炸我国的第一颗原子弹？

刘西尧回忆说："经过近一个月的仔细调查研究，我们得出结论：两三年内，即最迟在1964年，实现我国第一颗原子弹的爆炸是可能的。二机部的同志也是按这个目标安排的，但是在给中央写报告时，他们为了留有余地，建议写三四年内实现第一颗原子弹的爆炸。我们认为第一颗原子弹的爆炸，宜早不宜迟，应该尽可能抓紧时间，抓紧工作，力争早日爆炸，因此坚持写了两三年。我们确信，只要抓紧，是可能的。这样就以张爱萍和我两个人的名义于1961年11月14日上报中央军委并周总理。张爱萍把这个报告送了一份给邓小平总书记，邓阅后，在重要的地方打了杠，呈送给了毛主席。"

实际上，这份报告的抬头是这样写的："聂副主席并报林、贺副主席、罗总长、军委"，第一句话是"遵照您的指示，我们于十月九日到十一月二日陪同刘杰同志到二机部所属的几个厂、矿、研究所，着重了解有关第一线任务的基本建设、生产准备和科学研究的一般情况……"

1961年11月17日，这封《关于原子能工业建设的基本情况和亟待解决的几个问题的报告》的"绝密件"送到了毛泽东的案头，报告说："几年来，我国原子能工业建设的总的情况是好的，各项工作都有很大进展，打下了一定的基础。配合原子能工业的科学研究工作，自今年进一步组织二机部和科学院等有关单位的具体协作后，也有很大进展……从我们所了解的一些基本情况来看，明年是最关键的一年。若是组织得好，抓得紧，有关措施能及时跟上……在1964年制成核武器和进行核试验是可能实现的。"

这份文件的前面这样写着：

小平同志：

　　我于十月九日到十一月二日同刘杰等同志到二机部所属的几个厂、矿、研究所了解一些情况，向军委写了一个报告，现送上一份，供参阅。

　　此致

敬礼

张爱萍
一九六一年十一月十四日

中共中央总书记邓小平写在这页纸上的批语是：

"送主席、周、彭阅"

在这条批语下，小平同志又特意在括号里用小一些的字体写道："无时间，看前一页半即可。"

这份文件在毛泽东手上一直存放到1962年12月27日。人们不知道在这一年多的时间里主席究竟看了多少遍，但从"前一页半"上那钢笔、铅笔划下的一道又一道红色和蓝色的标记上，足以看出毛泽东对这件事情是多么关心和重视。

从共和国领袖到各级干部都和普通百姓一样，勒紧腰带，在忍耐和希望中共渡难关。

毛泽东不吃肉了；

周恩来不吃肉了；

毛泽东、刘少奇的子女在学校里吃和普通百姓的孩子一样的伙食……

1962年春节，人民大会堂里却举行了一次盛大的宴会，以陆定一、陈毅、聂荣臻三位副总理的名义宴请一千多名自然科学工作者。

原国防科委二局老局长胡若暇说："拟定参加这次宴会核武器方面的专家名单我参与了，请帖是以三位副总理的名义发的，实际上是周总理的意思，主要是想让科学家们吃顿肉，补点营养……"

彭桓武先生告诉我们："这次宴会周总理也参加了，在主宾席上，总理一边是钱三强，一边是钱学森。我们一看，开玩笑说，好，我们的代表人物亮相了，我们明白，中央是给我们鼓鼓劲……"

给广大知识分子留下更加美好印象的是广州会议。

1962年春，聂荣臻主持的全国科学技术工作会议在这里召开。

会议期间，聂荣臻分别找几位科学家谈心，他发现几位科学家表示了大致相同的情绪。有人提出："对资产阶级知识分子这个提法如何理解？"有人反映："一提知识分子就是资产阶级的，叫做资产阶级知识分子，这顶帽子总使人感到低人一头……"知识分子的情绪集中表现在这个问题上。聂荣臻觉得这个问题很大，关系到几百万知识分子，他想在会议期间进一步做好知识分子的思想工作。

2月下旬，周恩来、陈毅来到广州，聂荣臻请他们到会讲话。他对总理说："知识分子意见很大，怎么回答好？是否请您到会讲讲。"

周恩来说："就叫人民的知识分子，具体怎么讲，我到会上再说。正好戏剧创作等几个会议也在这里开，与会的都是知识分子，也要我讲话，到时候我集中讲讲知识分子问题吧。"

3月2日，周恩来来到市政府礼堂，拿着一张从日历上撕下的小纸片，一口气讲了两个小时。在这篇后来收入《周恩来选集》中的《论知识分子》的讲话中，周恩来指出："现在不能笼统地称知识分子为资产阶级的知识分子。知识分子是脑力劳动者构成的社会阶层，旧社会过来的和新中国培养的知识分子，构成了社会主义的知识界。十二年来，我国大多数知识分子已有了根本的转变和极大的进步。"会场上响起了长时间的热烈的掌声，一股暖流在人们心里回荡。

3月5日陈毅的讲话把会议推向了高潮。陈毅说："建国以来，我们已经有一支爱国的、人民的、社会主义的、无产阶级的科技队伍。你们是人民的知识分子，革命的知识分子，是为无产阶级服务的脑力劳动者。"

"不能经过十二年的改造、考验，还把资产阶级知识分子这顶帽子戴在所有的知识分子头上。"陈毅以他那诚恳坦率的语言，有力地冲击

毛泽东、周恩来、邓小平1964年4月2日接见铀矿地质会议人员。在接见中，邓小平说："你们要大胆去干，干好了是你们的，干错了是我们书记处的。"

陈毅元帅视察导弹试验基地。

着与会者的心弦。"今天，要给你们'脱帽加冕'，就是给你们脱掉资产阶级知识分子之帽，加上劳动人民知识分子之冕。十二年改造，十二年考验大家还是不抱怨，还是愿意跟着我们走，还是对共产党不丧失信心，这至少可以看出一个人的心。十年八年还不能考验一个人，十年、八年、十二年还不能鉴别一个人，共产党也太没有眼光了！共产党不尊重文化，共产党不尊重科学这类话，不晓得马克思讲过？还是恩格斯讲过？愚昧是个很大的敌人。帝国主义是个敌人，封建势力是个敌人，愚昧——几万万人没有知识，没有科学知识，也是很大的敌人。"

会场群情激昂，掌声四起，每个人心里都觉得热乎乎的。

会议结束那天，陶铸代表中南局和广东省举行了盛大招待会，来自全国科技界、教育界、文艺界的代表欢聚一堂。会前，聂荣臻特别指定了竺可桢和钱三强在会上代表科技界发言。

当时，钱三强49岁，已在我国原子能科学技术这块处女地上辛勤耕耘了十几个年头，正在组织原子弹、氢弹的苦战攻关，对知识分子问题和科技工作有许多深切的感受。

然而，由于他的工作特殊，他还把握不住哪些该讲，哪些不该讲。正当钱三强在认真掂量的时候，聂荣臻亲切地鼓励他说："你在发言中，可以讲一讲大家关心的原子能工作，要放开了讲。"

当钱三强站起来讲话的时候，立刻引起了人们的关注。钱三强在介绍了有关科技攻关的情况之后，激动地宣布：

"我国原子弹的总体设计已经开始走上了轨道！"

"我国将在预定的时间里爆炸第一颗原子弹！"

话音刚落，全场立刻爆发出热烈的掌声。

在苦战攻关的关键时刻，党和国家领导人多次到工厂和研制试验基地视察。

邓小平总书记说："你们要大胆去干，干好了是你们的，干错了是我们书记处的。"

陈毅元帅表示："就是当了裤子，也要把原子弹搞出来。早一点把原子弹搞出来，我这个外交部长说话腰杆就硬了。"

张爱萍将军为大家鼓劲说："再穷也要有一根打狗棍。"

中华民族的凝聚力和创造力，又一次在最危难的关头闪耀出最灿烂的光彩。最困难的年代，却是实验室灯光最明亮的年代；最饥饿的年代，却是创业者歌声最嘹亮的年代。人们称誉这是"两弹一星"创业史上的黄金时代。

30年后，邓小平充满深情地说：大家要记住那个年代。

# 十

## 集中统一领导，集中力量办大事，
## 全国一盘棋，这就是我们的秘密所在

1962年夏天，中印边界、台海局势紧张，外交部长陈毅问："我们的原子弹什么时候能响？"

1962年9月，二机部正式向中共中央提出争取1964年最迟1965年进行第一颗原子弹试验。

1962年11月，毛泽东批示：很好，照办。

**19**62年夏天，二机部部长刘杰正在北戴河参加中央组织的读书班，海滨凉风阵阵、气候宜人，刘杰心里却难以平静。

美国军舰、飞机不断侵犯我领海、领空，中印边界、台湾海峡局势紧张，世界上对中国原子能事业的进展猜测纷纷，每隔一段时间，新闻媒介就掀起一场中国即将爆炸原子弹的传闻，有的甚至说中国已经爆炸了原子弹。

面对严峻的国际形势，中央领导对二机部的工作进度非常关心。周总理不止一次关切地问："刘杰，美国鲍尔和艾尔索普对我国核爆炸的推测，我们能实现吗？"

陈毅元帅也多次询问："刘杰，我们原子弹什么时候响啊？你们早一点把原子弹拿出来，我这个外交部长说话就硬了。"

刘杰能给中央一个明确的回答吗？二机部1959年提出的"3年突破、5年掌握、8年适当储备"的奋斗目标能如期实现吗？

正在学习毛主席《矛盾论》《实践论》的刘杰，这时想起毛主席说的："大局抓住了，有些事形式上看是冒险，实际上是可以做到的。"思前想后，刘杰于1962年8月向党中央毛主席写了一封信，汇报了自己的学习心得和二机部工作情况，毅然提出争取1964年最迟1965年进行第一颗原子弹试验。

中央专委成立以后周恩来、贺龙、聂荣臻、张爱萍在西花厅。

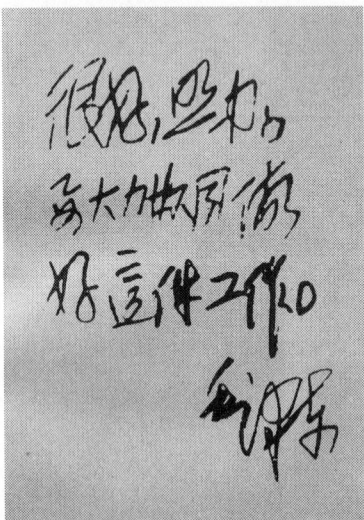

毛泽东的批示。

很快，二机部领导经过讨论，于1962年9月11日正式向中共中央提出争取1964年最迟在1965年上半年爆炸我国第一颗原子弹的"两年规划"。

10月19日，国防工办向中央政治局常委汇报了二机部的"两年规划"，并提出成立加强对原子能工业领导的中央专门委员会的建议。刘少奇表示赞成，并说："经过努力，即使1965年搞出原子弹来也是好的。这件事要请总理出面才行。"10月30日，国防工办主任罗瑞卿大将向毛主席党中央写了建议成立中央十五人专门委员会报告。

报告说："……最近，二机部在分析了各方面的条件以后提出，力争在1964年爆炸第一颗原子弹。这一目标的实现，不仅在国内是一件振奋人心的大事，而且会震撼全世界，在国际上产生巨大影响……建议成立中央专门委员会以加强对原子能工业的领导……这个建议，在10月19日国防工业办公室向中央常委汇报时，少奇同志已原则同意。根据少奇同志的指示，我们考虑，最好是总理总抓，贺龙、李富春、李先念、薄一波、陆定一、聂荣臻、罗瑞卿、赵尔陆、张爱萍、王鹤寿、刘杰、孙志远、段君毅、高扬等同志参加，组成这个委员会。委员会的日常办事机构，可附设在国防工业办公室……"

11月2日，中共中央总书记邓小平在报告上批示："拟同意，送刘、周、朱、彭核阅。"

11月3日，毛泽东批准了这个报告，并写下了振奋人心的批示：

"很好，照办。要大力协同，做好这件工作。"

11月17日，刘少奇在中央政治局会议上宣布中央决定由15人组成中央专门委员会领导原子弹研制工作。

周恩来总理任主任，委员有贺龙、李富春、李先念、薄一波、陆定

一、聂荣臻、罗瑞卿七位副总理和赵尔陆、张爱萍、王鹤寿、刘杰、孙志远、段君毅、高扬七位总参及委、部级领导干部。

周总理当天就召开了中央专委第一次会议，并决定设立专委办公室，罗瑞卿兼任办公室主任，赵尔陆、张爱萍、刘杰、郑汉涛兼任副主任。

中央专委是在党中央直接领导下，具有高度权威的行政权力机构。从成立到第一颗原子弹爆炸前，中央专委共召开了九次会议，研究解决了一百多个重大问题。

集中统一领导，集中力量办大事，全国一盘棋，这是我们社会主义制度优越性的具体体现，这就是我们的秘密所在，这就是我们的真正优势。工业落后的中国要在较短的时间内制造出原子弹，靠的就是全民族团结一致和全国的大力协同。

围绕第一颗原子弹的攻关项目，中国科学院、冶金、机械、化工、电子、石油、建工、轻工、纺织、公安、交通等26个部委和20个省市自治区的900多家工厂、院校、科研单位，展开了一场规模空前的大会战，为原子弹的制造和试验研制出十万多种专用仪器、设备和原材料。

1962年12月，包头核燃料元件厂四氟化铀车间投料生产；

1963年3月，完成了第一颗原子弹理论设计方案；

1963年8月23日，衡阳铀水冶厂一期工程完工并开始试生产；

1963年11月29日，六氟化铀工厂生产出第一批合格产品；

1963年12月24日，一比二核装置聚全爆轰产生中子试验成功；

1964年1月14日，兰州浓缩铀厂取得了高浓铀合格产品……

1964年春节，在姜圣阶和张沛霖等专家指导下，酒泉原子能联合企业张同星等人解决了核部件铸中消除气孔的问题。5月1日，青年车工原公浦加工出第一枚原子弹的高浓铀核心部件。为了熟练掌握操作技术，他在半年的苦练中体重减轻了15公斤。

核测试队伍在程开甲、董寿莘、王茹芝、陆祖荫、忻贤杰、孙瑞藩、吕敏等专家的率领下，同军内外有关单位密切协作，在短短两年内研制出一千多台套核试验控制、测试、取样的仪器设备。

中华民族，这个一百多年来屡受欺侮却又不甘沉沦的民族，这个在中国共产党领导下站立起来的民族，正在一步步走向核时代的大门，走向一个辉煌的历史瞬间，走向那个让所有的炎黄子孙都扬眉吐气的时刻。

正当中国一步步迈进核门槛的时候，1963年7月，美、英、苏三国在莫斯科签订了部分禁止核试验条约，企图绑住中国人民的手脚。赫鲁晓夫断言中国20年也搞不出原子弹。一时间，你来我往，唇枪舌剑，中苏公开论战达到了空前激烈的程度。

30多年过去了，第二次世界大战后的两极格局正演变为多极世界。1989年戈尔巴乔夫访华同邓小平会见，中苏关系宣布"结束过去，开辟未来"。中苏以及后来的中俄关系已由过去的对峙状态变成了友好邻邦、战略合作伙伴，两国的核武器不再瞄准对方，当年论战的两方主帅毛泽东与赫鲁晓夫也早已成为历史人物。但是，回望那段历史，中国政府发言人在声明中的两段话总是在我们心中回荡：

　　中国不是很穷、很落后吗？是的，很穷、很落后。据苏联领导人说，中国人人喝大锅清水汤，连裤子都没得穿，怎么有资格生产核武器呢？

　　苏联领导人嘲笑中国落后，未免太早了。他们也许说得对，也许说得不对。但是，不管怎么样，即使一百年也造不出什么原子弹，中国人民不会向苏联领导人的指挥棒低头，也不会在美帝国主义的核讹诈面前下跪。

这是一身威武不屈、贫贱不移的骨气，一腔不怕鬼、不信邪的正气，一股独立自主、奋发图强的豪气，一种不畏艰险、勇攀高峰的志气。中国，再也不是任人欺侮的国家了。

# 十一

## 毛主席说，
## 原子弹既然是吓人的，就早响。

1964年春，罗布泊，托举原子弹的百米铁塔拔地而起。

1964年9月，西花厅，周恩来召开一次极为机密的专委会，传达他与毛泽东、刘少奇的研究决定：原子弹试验要早。

1964年10月初，罗布泊地下室，原子弹顺利装配。

1964年10月14日，周恩来批示：16日为"零日"；15日，周恩来批示：16日15时为"零时"。

19<sup>64年春，托举原子弹的百米铁塔在罗布泊拔地而起，中国第一次核试验的准备工作全面展开。一时间，大西北这片神秘的荒</sup>原似乎成了整个国家、整个民族精神的缩影。

5058名参试人员来自解放军各总部、各军兵种、新疆军区、兰州军区、二机部、公安部、国防部十院、军事工程学院、中国科学院等26个单位，他们怀着为祖国争光、为中华民族争气的豪情壮志，撑起帐篷，连营千里，誓夺原子弹爆炸的成功。

3.3万多吨器材、物资从四面八方运往场区，共动用火车皮1116节；汽车1270台，行驶1851万公里，相当于绕地球462圈。

为了核试验，5000名工程兵日夜拼搏。盛夏，地表温度达摄氏50多度，他们坚持作业；严冬，气温在摄氏零下二三十度，他们照常施工。经过两年多的艰苦努力，按时保质保量地完成了全部154项特种工程。

执行安全防护保障任务的防化兵，头戴防毒面具，身穿胶质防护衣，全副武装在戈壁滩上坚持天天训练，防护衣内温度高达摄氏40度以上，他们以超人的毅力顽强跋涉，谁也说不清自己流了多少汗水。

为严防无关人员误入试验禁区，保证群众的绝对安全，基地的7名警卫战士沿着罗布泊最荒凉的地带徒步巡逻了8300里，在半年中每人磨烂了12双鞋。

八千里巡逻小分队在试验场。

"我们战斗在戈壁滩上，不怕困难不畏强梁，任凭天公多变幻，哪怕风暴沙石扬，头顶烈日明月作营帐，饥餐沙砾饭，笑谈渴饮苦水浆……"核试验总指挥张爱萍将军亲自创作的这首歌词是当时艰苦生活的真实记录，也是参试部队精神风貌的生动写照。

随着1964年的临近，世界对中国爆炸原子弹的议论纷纷扬扬，高潮又起。从大国首脑到港台地区的小报，仿佛都成了预言家，他们以自己的想象和推测，非常认真地安排着中国原子弹爆炸的时间表。

1963年12月13日，周恩来总理和陈毅副总理应纳赛尔总统、萨布里主席的邀请去阿联（埃及）访问，开始了他们的非洲之行。

这时，西方又传出了一条关于中国原子弹的消息——

【路透社巴黎16日电】北大西洋公约组织部长理事会会议人士说，英国外交大臣特勒今天对议会说，中国可能在明、后年内爆炸核装置。

12月20日，即将结束访问的周恩来在开罗库巴宫举行记者招待会。美联社当天从开罗发出的电讯说：

周恩来讲了一百分钟，得心应手地回答了大多数问题。

本周从巴黎北大西洋公约组织部长会议上传出的一个消息预测，中国就在年内试验一个原子装置。一个记者向周提到了这个消息，周对此避而不谈。

周恩来说，他对此毫无所知，他劝记者去问那位向北大西洋公约组织提供这个消息的部长。这对他来说是一个新闻。

鸟瞰核试验场，大军云集，连营千里。

中苏关系破裂后，美国急于知道中国是否会加速自行发展核武器。
美国在我国周围建立了20多个监听站，30多个测向站。

美国不断利用间谍卫星、高空飞机窃取我国核武器试验情报。

华盛顿甚至有人公开鼓吹要使"中国共产党人在核方面绝育"。

当时有迹象表明，超级核大国有图谋阻止中国掌握原子弹、破坏中国核设施的动向。

面对这种尖锐复杂的形势，中国选择首次核试验的时间便成为中央专委特别注意的问题。1964年9月16日、17日，中央专委对此进行了慎重研究，提出了两个方案：一个方案是早试，另一个方案是晚试，先抓紧三线研制基地的建设，择机再试。

在研究中，周恩来归纳大家意见时说："关于第一颗原子弹试验的进度问题，我们从战略上设想是现在就搞，即使遭到帝国主义的破坏也在所不惜。苏联赫鲁晓夫不让我们搞原子弹，说我们搞不出来；美帝国主义威胁要轰炸我们，但我们搞出来了。我们发展核武器的前途是定了，即使被破坏了，我们还能再生产……我们要设想一下原子弹炸响后的情况，再决定爆炸时间。国庆节前下决心……为了和第二套生产基地衔接上，则要推迟到1970年才能试验。"

罗瑞卿说："若要推迟，到1970年我们这些人要退休了。"

周恩来说："如果要在今年进行试验，需要在9月25日以前定下来。我再搜集一些材料，研究一下，报请党中央、政治局常委去决定。不管是在今年、明年，还是后年进行试验，你们准备工作仍要积极进行。"

中央专委会议后，周恩来向毛泽东、刘少奇汇报了首次核试验的准备情况和中央专委对正式试验的方案设想。毛泽东从战略上进行了分析，他指出：原子弹是吓人的，不一定用。既然是吓人的，就早响。他们果断决定按早试的方案进行。

9月23日，周恩来在西花厅召集贺龙、陈毅、张爱萍、刘杰等开了一次极为机密的专委小会，传达了他与毛泽东、刘少奇研究的决定，并对首次核试验的有关工作做了周密的部署；由刘杰负责组织关键技术资料、仪器设备的安全转移；由陈毅组织外交部做好对国外工作的准备；张爱萍、刘西尧赴试验现场组织指挥（场区指挥部办公室代号为20号办公室）。刘杰在北京主持由二机部、国防科委组成的联合办公室（代号177办公室），负责北京与试验场的联络。

当时的国际气氛很紧张。周总理请贺龙、聂荣臻两位老帅转告杨成武代总参谋长，下达防御任务，要求部署全面戒备，严防美、苏和蒋军的空袭及派遣特务进行破坏。

周总理说："主席同意搞，任务更重了，不是更轻了。除你们俩（指张爱萍和刘西尧——作者注），还有什么人去核试验场？原子弹的运输怎么搞？知道这项任务的人不要太多了，不应知道的不要知道。原子弹在路上如何押运，要实施封锁……这个时期就根本不要写信了，你们自己除公事外，也不要为私事打电话。上梁不正下梁歪。你们今晚要开个紧急会议，具体地规定多少条，从现在起就要搞好保密，什么消息也不要漏出去。参加这项工作的6000多人，上万的人。我们现在是在舞台上，敌人在暗处，不要还没搞就嚷出去了。你们两人（指陈毅和贺龙——作者注）从今天起不要接见外宾了，要埋头苦干，做无名的工作……保密问题，不要假手许多。我这次小病，传得很广。天晓得，多一个人知道，就当新闻。希望你们对家里人也不要说，不要一高兴就说出去。我老婆是老党员、中央委员，不该说的我不向她说。任何人不该知道的，不要知道。我们决定这个事也只是常委、军委两个副主席（指贺龙和聂荣臻——作者注），彭真同志。"他还对陈毅同志说："你可不能讲啊！"陈毅当即操着四川口音说："我不讲哇。"

会上张爱萍因有外事活动提前退席，周总理特意嘱咐：检查一下衣服兜里有没有写字的纸条，要掏出来。同时指示：告诉外交部今后不要安排他们参加外事活动。

邓颖超在纪念周恩来90诞辰时回忆说："我国第一颗原子弹爆炸时，他也向我保密。当时向主管的负责人说，这次试验，全体工程技术人员都要绝对注意保守国家机密，有关工程、试验的种种情况，只准参加试验的人员知道，不能告诉其他同志，包括自己的家属和亲友。他说，邓颖超同志是我爱人，党中央委员，这件事同她工作没有关系，我也没有必要跟她说。主管的同志到试验场传达了恩来同志的讲话，要求大家严守保密纪律，因此事先没有任何透露。这件事是我最近从中央文献研究室的访问材料中才知道的。"

9月下旬至10月初，原子弹零部件从西北核武器研制基地分批运到罗布泊试验场区，然后在离铁塔约150米的地下室里，顺利完成了原子弹的装配，试验进入最后的待命阶段。

10月9日，试验区党委根据气象预报，拟定试验时间在15至20日之间。张爱萍随即派试委会办公室主任李旭阁乘专机赴京向周总理报告，10月10日两点，专机从罗布泊机场起飞。飞机到包头后，因风沙大不能继续夜航飞行，接着，军委派另一架飞机将李旭阁连夜接到北京。

报告10月10日23时10分送达总理办公室王亚志秘书，10月11日凌晨两点，王亚志通知刘杰办公室，这个报告总理已批送中央首长传阅。

王亚志回忆说："当总理下定决心后，除他自己报告毛主席、刘少

我国首次核试验委员会在罗布泊合影，自左往右为王茹芝、张蕴钰、程开甲、郭永怀、彭桓武、王淦昌、朱光亚、张爱萍、刘西尧、李觉、吴际霖、陈能宽、邓稼先。

奇等中央领导同志外，还亲笔写了一封短笺，装入信封，写上送阅领导人的名字，要我和赵茂峰专传。除首长一人外，办公室工作人员都不知道文件内容，把机密控制在最小范围内。记得我俩曾去了邓小平、聂荣臻和罗瑞卿首长处送阅。邓颖超同志毫无所悉，她历来是无关的事从不过问。"

当日，毛泽东、周恩来等中央领导同志批准了张爱萍、刘西尧的报告。

周总理的短笺是这样写的：

刘杰同志：

张刘两同志10月11日3时10分的报告已阅，望告张刘，同意他们来信所说的一切布置，从10月15日至20日之间，由他们根据现场气象情况决定起爆日期和时间，决定后报告我们，你们来往电话均需通过保密设施以暗语进行。

周恩来

10月11日

就在同一天，周恩来主持会议研究了原子弹爆炸的宣传工作和有关国际问题，提出了相应的措施和办法，并报经毛泽东同意。接着，周恩来又陆续将中华人民共和国政府声明、新闻公报、致各国政府首脑的电报等文稿送毛泽东等领导同志。

第二天，气象部门预报16日左右有出现好天气的可能，试验委员会便把试验的日期瞄准在15日、16日，并按15日准备。

10月13日，首次核试验委员会召开会议，经研究，一致认为试验

我国第一颗原子弹被推向铁塔。

前的准备工作已经完成，可以进行正式试验，并确定：第一，这次试验一定保响，确保安全，基本保测；第二，一定要做好安全防护工作；第三，"零"时选择的关键在于气象预报；第四，要做好成功和失败的两手准备。

遵照周总理的指示，试验委员会还规定了来往电话的"暗语"，如"1064"为"首次"、"老邱"为"实弹"、"穿衣"为"装配"、"下房"为"装配间"、"上房"为"铁塔"、"辫子"为"雷管"、"梳辫子"为"装雷管"、"体温"为"剂量"、"血压"为"气象"、"零时"为"起爆"等等。

10月14日18时25分，20号办公室李旭阁向177办公室电话报告："根据气象情况分析，经过党委常委研究确定16号为零日"。

20时30分，177办公室李鹰翔、宋炳寰到总理办公室面报。

总理亲自做了批示：

刘杰同志并告成武同志：

　　同意16日作为零日，请以暗语加密告张刘两同志，零时确定后望即告。

20时50分，177办公室李鹰翔用保密电话把总理批示传达给罗布泊试验场区指挥部。

14日19时12分，原子弹安全吊上铁塔，场区各方面工作处于待命状态。张爱萍、刘西尧等领导与气象专家顾震潮等，同气象人员昼夜研究天气变化，经几次订正，发现16日比15日天气好，因此预定16日8时为"零"时，到15日凌晨3时，又研究确定16日15时为"零"时，并报告

张爱萍看望演习小分队。

在视察中发生了这样一个小故事：张爱萍问一个小战士："原子弹，你怕不怕？"小战士回答："怕。"张爱萍又问："你怕不怕鬼？"小战士答："也怕。"张爱萍又问："你怎么知道有鬼？"小战士说："我姐姐说的。"张爱萍对小战士说："不要怕，世界上没有鬼。"

张爱萍看望参试人员。

周总理。

10月15日12时，177办公室接到20号办公室的保密电话。

总理、林总、贺总、聂总、总长：

经党委常委研究，根据气象情况零日定为16日，零时为15时，请指示。

张爱萍　刘西尧

10月15日12时零5分，刘杰派李鹰翔、宋炳寰把电话内容面告周总理。

12时30分，总理批示：

刘杰同志并告成武同志：

请以保密电话嘱张刘，同意零时定为16日15时。

周恩来
10月15日12点半

"零"时终于确定，盼望已久的时刻就要来到了。

1964年10月15日早晨，张爱萍、张蕴钰、李觉和朱卿云去铁塔，张震寰去主控站。接着，他们分头到各个单位进行最后的检查和落实。在防护作业队，张爱萍将军走到队伍前，做了鼓舞人心的动员。大家群情激奋，齐声表示："坚决完成任务！"

15日下午，张爱萍又一次来到铁塔下。后来老将军不止一次地回味着当时的心情：

托举第一颗原子弹的百米铁塔。

安插原子弹引爆雷管人员登上塔顶。

"离开铁塔后，我又回头看了看，再有一天，这个钢铁巨人就要在爆炸中消失了。我带着相机呢，想照张相做纪念。又一想，我规定的不准照相，我要带头遵守才行，就没照，连张相片也没留下……"

10月15日夜晚，张爱萍将军通宵未眠。

这一天，当核试验基地司令员、试验委员会参谋长张蕴钰赶到阳平里气象站的时候，气象员正分别在几顶帐篷内抄收来自阿拉山口、和田、敦煌和国际台的气象预报资料。正在这里的气象处处长韩云升告诉他："中长期预报都和今天的实况相吻。"他感到一阵轻松。

而在这同一时刻，北京的刘杰部长却又感到一阵紧张。

一份急电从罗布泊发到北京，报告说，突然发现了一种材料中的杂质超过了原来的设计要求。周总理在电话上问："试验可能会发生什么结果？"刘杰说："有三种可能，第一是干脆利索，第二是拖泥带水，第三是完全失败。"最后他满怀信心地说："第一种可能性最大。"周总理叮嘱说："要做好以防万一的准备工作。"

当晚，北京风雨交加，一辆小汽车飞速驰进核武器研究所。一到理论部大楼前，汽车还未停稳，刘杰就推开车门匆匆上楼，他找到周光召、黄祖洽和秦元勋，迫不及待地说："场区出现新情况，周总理要求重新计算一下成功的概率，8个小时内给我结果。"

刘杰又匆匆离去。他相信周光召他们能完成这项特殊的任务。

大楼外依然风雨交加，周光召和同事们连夜紧张地运算，10月16日上午，一份计算报告呈到周恩来面前：

"经计算，我国第一颗原子弹爆炸试验的失败率小于万分之一。"

爆炸前的最后一个夜晚，核武器研究院院长李觉将军是在铁塔下度过的，他的心情也很激动，但更多的是担心，他告诉我们：

"那天晚上风很大，大风吹得钢丝绳打到铁塔上当当当直响。要是不安全可不行，我不放心，就又去铁塔下看看。哟，这油机盖布怎么变样了，一块大帆布下面鼓鼓囊囊的，推也推不动，不对呀！我一揭盖布，老天爷，一个工人在底下！还戴着帽子，穿着皮夹克那样的衣服。我说：'你怎么在这儿？怎么还不回去？'他说：'我不能回去，明天是我的班，今天晚上油机万一出了事，明天我不能把产品送到塔上去，我这个责任可就大了，我不能回去，得在这儿盯着。'我一看也不好再说什么了，只好说：'好吧好吧，你要休息好，风太大，盖好别感冒了。'我同意这个工人没回去。他在油机旁守了一夜，第二天开油机卷扬机把我们和产品送到塔上。这是个老工人，叫王振禄，从大连调到九院时就是8级工，十几年只长了5块钱工资。'文化大革命'中又受了很多委屈，有人说他的心是黑的，他一急自己把肚子剖开了，叫他们看看黑的还是红的。当时医院没给他打麻药就给缝上了。我在北京听到这个消息，打电话到厂里，说你们行行好，一定治好他。后来这个老工人又调回大连了。临走前到北京，一敲门就叫我：'李部长，你还认识我不？'我说：'认识！认识！怎么能不认识啊，你不就是王振禄吗？那天晚上你不是在爆心过了一夜吗？'他一听就说：'认识就没意见了，你只要还记得我是干这个工作的就没意见。'他高高兴兴地走了。前两三年我到大连开会，特意到他家去看他，没见着。一下楼，在他家的院子里碰着了，他刚从街上回来，戴个红袖章，原来他退休后在街头搞治安呢。"

16日凌晨，李觉向试委会报告，原子弹塔上安装和测试引爆系统第三次检查完毕，请求6时半开始插接雷管。张爱萍、刘西尧、成钧、朱光亚、朱卿云、张蕴钰等签字同意。

出发前，负责插接雷管的同志提出要带上主控站的钥匙。当时的塔上工作队副队长张寿齐回忆说："我们一到核武器研究院就有一条规定，插雷管的人一定要带着启爆台上的钥匙。我对主控站的同志说，不拿钥匙我不放心。可主控站的规定是不许把钥匙拿出去。这样，我们还争了两句。"

张蕴钰后来回忆说："我一看他们争论起来了，就过去对张爱萍请求，让我带上钥匙陪他们去吧，张爱萍点点头。我就从张震寰手里接过钥匙与他们一起到塔上去……"

上塔插接雷管的一共6名同志：队长陈常宜，副队长张寿齐，叶钧道，贾保仁（记录），李炳生（记录），杨岳欣（空调）。张蕴钰向操作吊车的卷扬机手举手致意，然后围着铁塔小步地来回走着。

过了一会儿，塔上缓缓地放下吊篮，几个操作手走下来，接着，张蕴钰和李觉登上吊篮，朱卿云主任留在塔下。吊篮徐徐上升，把他们送入塔上的工具间，在那里他们清除了身上的静电，又登上了几级台阶，才进入爆室。

张寿齐回忆说："到插雷管时，我已经连续70来个小时没睡觉了。先是在塔下工房里装配原子弹。有的部件经过运输存放有点膨胀，到现场还要修，拿铜刀和铜网慢慢刮，一点点蹭，开始不让刮，怕弄响了就完了。我说我先试试，工人老师傅不让我动手。很多老师傅都在现场，不顾个人安危，那场面很感人。要刮一两个小时，不敢使劲，怕超差，边刮边量，从科学家到工人都非常慎重。安雷管时，我记得李觉也陪我们上塔了。李觉说，我拿钥匙你们放心不放心。我们说放心。"

李觉回忆说："搞火工，安全很重要啊，插雷管时要把塔下的电源切开，不通电上面才能牢靠啊。我说，把钥匙给我吧。底下两把钥匙都

第一颗原子弹试验前线指挥部的部分人员（从右往左为毕庆堂、张爱萍、刘西尧、刘柏罗、张蕴钰、苑化冰）。

在我身上，变电房的、变压器控制的两把钥匙都装在我腰包里。先把电源断开，锁上、铅封，塔上才开始作业。我说，你们看，钥匙来了，断电了，你们放心吧。"

核武器研究院试验部副主任方正知和他的助手正在做最后的检查。他简单地对张蕴钰和李觉说："就完了。"然后又继续埋头工作。检查完后，方正知合上起爆电缆的电闸。张蕴钰把墙上贴着的那张操作规程顺手取下来，在上面签了字：

"1964年10月16日，张蕴钰。"

从塔上向四周眺望，极目所见的效应物都静静地展开在地面上，整个场景就像大战前的战场。不知为什么，张蕴钰突然摸了摸装在他口袋中的那把能够起爆这个核装置的钥匙。

走下吊篮后，李觉又特地嘱咐卷扬机手："请把毛主席像降下来。"方正知又合上了小砖房的电闸。这时，从铁塔上的核装置到主控站的起爆电缆已经全部接通了。

这一天，周恩来总理在北京一直候在电话机旁。

12时，他又给刘杰写了一封信——


刘杰同志：

在12时后，当张、刘回到指挥所时，请你与他们通一次保密电话，告如无特殊变化，不要再来往请示了，零时后，不论情况如何，请他们立即同我直通一次电话。

周恩来

10月16日12时

刘杰把总理的指示立即转达到核试验场，随后，他又来到钱三强的办公室，悄悄地说：

"我们的原子弹今天下午3点就要爆炸了，希望能够成功！"

钱三强听了很高兴，连声说："会成功的，我相信一定能成功！"

13时30分，刘杰接到张爱萍的保密电话："一切正常，最后撤离的人员已于12时56分撤离。气象情况比预计的要好。"李鹰翔立即把张爱萍通话内容报告了总理办公室王亚志秘书。

张蕴钰和李觉是最后撤离核爆心的，在返回途中，大概是"零前"一个多小时，他们遇到了首批进场的辐射侦察分队。张蕴钰和李觉赶紧下车，向他们说了一些鼓励的话，预祝他们侦察成功。随后，张蕴钰来到主控站，把起爆控制柜的钥匙郑重地交给在主控室主持试验的张震寰。在指挥部的路口，李觉把另一把钥匙交给了在那里等候的刘西尧副部长。

当张蕴钰来到距爆心60公里的白云岗观察所的时候，离"零"时已不到20分钟了。张爱萍对他说："K1指令已经发出。"

在主控站里，气氛严肃、紧张，钟表"咔咔咔"的声音如洪钟敲击着每个人的耳朵和心脏，时间正一分一秒地走向那个庄严的时刻。坐镇指挥的张震寰又看了一眼手表，下达了最后一个口令："发K3。"

"K3"指令发出后，仪器设备进入自动化程序。9、8、7、6……读秒的声音让人感到了一种无法形容的激动，人人都屏住呼吸，戴着防护眼镜的头低着、等待着最后时刻降临。

公元1964年10月16日15时，中国第一颗原子弹爆发出惊天动地的巨响。

姚献新（国防科委二局参谋，距爆心60公里）——

指挥所在离爆心60公里的白云岗，在山坡上挖了一道半人深的堑壕，张爱萍就站在堑壕里工作，我在他一旁守电话机。"零"时快到了，让参观场的人都背对爆心卧倒，堑壕里的人都蹲下，我蹲下后一看张副总长还站着，就站起来了。张爱萍一把按在我的头上，把我按下去了，我又站起来，他又把我按下去。我说首长你怎么不蹲下呀？他说你们还年轻，一定要注意安全，我这个老头子眼睛已经花了，伤一点也没什么。他就那么一直站着，朝着铁塔的方向……


张蕴钰（基地司令员，距爆心60公里）——

那种可怕的寂静一直持续到读秒的"零"时过后，但随即被一道强烈的闪电打破了。紧接着传来了一阵我从未听到过的轰鸣声，专家们根据闪光、火球和蘑菇状烟云的景象，判定是核爆炸。

最初的欢呼声来自西侧参观的人群，他们激动地呼喊着，跳跃着，流着泪拥抱在一起，把帽子抛向天空。

刘西尧和朱光亚都很激动，我走过去向他们祝贺成功。


韩云升（气象处长，距爆心60公里）——

这时有线广播里播放着悦耳的音乐，各单位领导有说有笑。唯有刘西尧副部长和那些科学家们表情严肃，似乎在想着什么。而我则感到时间走得太慢了。突然广播里传来了广播员的声音：现在是"零前"15分钟，请大家准备好防护眼镜看火

第一颗原子弹蘑菇云。

球。"零前"5分钟，大家戴好防护眼镜。没多久，广播里传来了倒计时数的报读声。我感到我的心脏随着报时的声音在剧烈地跳动。"9、8、7、6、5、4、3、2、1，起爆！"激动人心的时刻到了！毕庆堂副主任一捅我，我急忙摘下眼镜，只见铁塔处一个像太阳一样的大火球翻滚着向上升起，一会儿一个蘑菇状烟云矗立在场区中心。刘西尧副部长急忙问我："你看云顶有多高？"我根据平时预测云高的经验，回答说至少有7000米。因为当时核云还在上升，没等我说完，刘副部长对着科学家们喊了起来："7000米以上，7000米以上！"顿时，整个白云岗被欢呼声淹没了。很快速测、速报数据来了，只见张副总长拿着电话筒问科学家们："怎么样？"有一位科学家说："是核反应，是原子弹爆炸！"张副总长高兴地对着听筒说："成功了！是原子弹爆炸！"最后又听到他答了一个字"好！"就放下电话回201。

李秉太（防化连排长，距爆心10公里）——

我的任务是负责剂量监测，保证剂量安全。我携带一部乙丙仪，随北线车组的车出发。

待机地域在气象大沟东岸，距爆心很近。隐蔽工号都构筑在背向爆心的山包或土丘下，装有坚固的水泥门。工号内装有通向指挥部的报时电话。

"零前"半小时，我们都进入隐蔽工号，等待"零时"的到来。刚才还是一片欢声笑语，现在却一下子变得寂静无声。"零后"会发生什么情况？对这些人们心里确实没有底。但大

欢呼原子弹爆炸成功。

家都有一个想法：不管遇到什么情况，一定要完成任务。

　　1964年10月16日，北京时间15时，这一自豪和激动的时刻终于来到了！随着报时员"9、8、7、6、5、4、3、2、1，起爆！"的声音，隆隆的爆炸声伴随着大地的震颤接踵而来。

　　"零后"一分钟，我们打开了隐蔽工号的坚固大门，我拿起事先就打开了的仪器，第一个冲出门外。接着战士们跑步冲向发射阵地，仅用了约20秒的时间，就开始接二连三地向预定空域发射取样伞。此时，蘑菇云还没有形成，能见度非常好。最初跃入我的眼帘的是一个通红的大火球，紧接着是翻滚着的黑烟团，烟团中间好像包着一团火，在翻滚中时隐时现。云团正对着地面上，周围的尘土都急速地向中心移动，接着就形成了一个下粗上尖的尘柱，迅速地向翻滚着的烟云接近。这时，炮兵分队发射的白色取样伞，正好不偏不倚地在云头上方一个接一个地张开，缓缓地降入到烟云中。几分钟后，云头变大，与升腾的尘柱相接，形成了壮观的蘑菇云。炮兵分队的负责人不时地问我："有没有情况？"蘑菇云几乎就在我们头顶上，但仪器没有反应。因没有实际经验，我怀疑仪器有问题，通过反复检查，仪器工作正常。于是，我果断地回答说："一切正常！"

　　几分钟后，我们完成了发射任务。大家以迅速的动作上车返回驻地。我坐在汽车的最后边，仍然进行着监测。我看到尘柱和蘑菇云头慢慢地分离了，蘑菇云头也不再翻滚，由黑色变成灰黑色，逐渐扩散，犹如一片乌云，向东南方向飘去。这时，地面上的效应物有的在燃烧，有的在冒黑烟。坦克翻滚在地，炮塔与车身早已炸成两截。有的工事掩体倒塌、房顶被掀

原子弹爆炸后取样部队迅速进入试验场。

掉。一匹被光辐射灼伤了眼睛和皮肤的效应马惨叫着四处乱跑。路边的电线杆，向着爆心的一面都被烧成了黑色，几乎是朝着一个方向倒在地上。

王俊杰（警卫四连连长，距爆心30公里）——

10月上旬，我们按照上级的指示，将巡逻圈逐渐缩小到距爆心数公里的范围内。14日，来到指定地点，进行24小时昼夜巡逻。这是离爆心最近的两个光学测量点之一，我们已经预感到，一个庄严的时刻即将来临！

终于在16日快中午的时候，基地命令我们撤离现场，到指挥所东南侧参观现场观看原子弹爆炸。一到那里，有关首长就给我们每人发了一副防护镜。过了一会儿广播里传出了指挥员的声音，要求大家面向西坐好，戴上防护镜。不一会儿，广播里又传来了9、8、7、6……读秒的声音。我们一个个都屏住声息，戴着防护镜的头低着，等待着最后时刻的降临。突然，大地震颤，巨雷轰鸣，我国首颗原子弹成功爆炸了！随着广播里"头向东"的指示，我们立即面向爆心抬起头来，只见蘑菇云冉冉升起。大家一时间欢呼雀跃，纷纷把帽子抛向空中。"共产党万岁！毛主席万岁！"的呼声响彻在戈壁上空。

汪业广（后勤部助理员，距爆心30公里）——

当时我和效应大队在一起，守着几笼兔子，是效应用的。我手里提着个锣，一听到起爆，赶快敲锣，怕兔子闭眼睛，当当一敲，兔子就睁开眼睛了。

王建立（基地政治部干事，距爆心60公里）——

参观规定要卧倒，没命令不许看。有的人就一直趴着，不敢动。"零时"都过去好大一会儿了，同志们一看说还趴着啊，开玩笑地踢一脚，才抬头看，蘑菇云已经好高了。拍电影的同志更有意思，大家都蹦啊跳啊，他们也跟着欢呼啊，忘了拍镜头了，后来电影上那欢呼的场面是补拍的……

于选成（防护工作部记录员，距爆心24.4公里）——

按照试委会的安全规定，"零前"5小时清场戒严，20公里以内的人员全部撤离，"零后"马上进场执行任务的人员均进入20公里线附近的工事内掩蔽。其余的人员都集中在50公里以外的白云岗参观点，每个人都要戴上减光5000倍以上的墨镜，而且在"零"时临近时按统一的口令"向后转"，背向爆心，以防核闪光对眼睛的伤害。这样，全场人员均看不见爆炸开始时的情景。唯独我们观测组，大饱眼福，从闪光开始，足足观察了25分钟之久。

观测组共8人，组成南北两个观测所，每所4人。

南北两个观测所的位置分别在爆心以西24.4公里和22.6公里处的高地上，两所相距5公里，均构筑有半密闭式野战工事，观测窗上安装有活动的有机玻璃，既可防冲击波对耳膜的伤害，又便于观察。

防护工作部周村副部长也到我们这里来了，他让我们松弛一下情绪，不要紧张。我们沉着地戴上护目镜和耳塞，静静地等待着。但当听到电话耳机里的报时声时，心又怦怦地跳了起来。随着一道银色闪电般的光亮过去之后，我们就沉着地摘下护目镜，有条不紊地开始了观测作业。

闪光过后便是一个通红的大火球，跃上那没有尽头的天穹，由红变黑，黑里透红，迅速变成一团翻滚着的烟云。烟云上升的时候，地面又卷起了一个粗壮的尘柱，紧追不舍，直至与烟云衔接。这时，戈壁滩上生长出一个完整、高大、壮观的"大蘑菇"。后来，它又缓缓地扩散开，向东南方向飘去。我们能够看到我国自己研制的第一颗原子弹的爆炸情景可以说是莫大的享受。我们从内心里为我们国家有了自己的原子弹感到骄傲和自豪。

马子超（基地防化研究室主任，距爆心直径11.5公里）——

那时我带空气取样组，我们是暴露在地面距爆心最近的人，只有11公里。当时没有防护镜，一律背向爆心趴着，两只手交叉着支在地上，把胸部抬起来，防止冲击波伤害身体，头紧贴在地上，眼睛闭上。提前15分钟，我说大家卧倒吧。大家都趴下了。到了3点，当时感到背部有点热，我一看表，怎么还没响，走前对了表的呀？就想这可能是一次演习，过了30秒，我想不对呀，回头看看，蘑菇云起来了。我喊大家快起来看，蘑菇云起来了！刚起来，声音到了，轰隆轰隆，我这才反应过来。噢，声速比光速慢！闪光没看到。这时蘑菇云就往上翻，还没形成照片上那种下边有个小把把的样子。那天气象特别好，蘑菇云形成后定在那里有10分钟没动，后来蘑菇云冠下面的烟柱左侧出了个小把把。当时心情很激动，中国终于有原子弹了，五个月总算没白训练……

陆祖荫（基地研究所三室主任，距爆心60公里）——

　　开始试验前，我们都戴上防护眼镜，蹲在防护堑壕里，背向爆心。时间到了，堑壕里突然一片耀眼的光芒，我们赶忙转过身去，只见一个蘑菇云渐渐升起。"成功了！成功了！"人们跳出堑壕，激动地互相握手，互相祝贺。

　　试验委员会当即用电话报告总理，总理向大家祝贺，并要求在两小时后上报爆炸当量。

　　当时彭桓武和我站在一起，我们用简易的目测去估计烟云高度，换算了爆炸当量，这个结果与以后精确的测量结果基本符合。

葛才夫（防化兵部学术处中校参谋，距爆心20公里）——

　　隐蔽工号在气象大沟东岸，距爆心约20公里。进入工号等待"零时"，觉得时间过得太慢。好容易等到"报时"，又觉得"报时"的时间太长。接近"零时"时，大家用棉花塞住耳朵静听爆炸巨响，听到爆炸的巨响后，我们侦察组立即跑出工号到顶部观看。此时，蘑菇云已初步形成，大家跳跃欢呼，庆祝试验成功。我们立即上车向着蘑菇云方向前进。前进中，大家精力非常集中，似乎都有些紧张，随着爆心的接近，爆炸后的景象逐渐出现在眼前，开始见到的蘑菇云，很像现在公开发表的照片上的样子，不久，尘柱和蘑菇就脱开了，蘑菇头上逐渐扩大成一片乌云，向我们靠近，尔后几乎就飘在我们头顶上。地面上，我们首先见到的是电线杆东倒西歪，电线被拉断，拖挂在地上。再向前，见到效应物在燃烧，效应物资被吹得四散满地，效应汽车被吹翻，被烧伤的效应动物在嚎叫，身上的毛都被烧光了。有的工事掩体倒塌，火炮的炮管被"震"弯。效应的房屋在燃烧，房顶被掀掉。地面像被狂风刮过一样，路面、车痕被尘土覆盖，很像刚修的新路。原来十几公里外就能看到的塔架不见了，到近处一看，它像面条倒在地上一样，弯弯曲曲……

党中央期待着核爆炸成功的消息。

1964年10月16日15时零5分，刘杰办公室接到试验场区指挥部李旭阁电话报告："原子弹爆炸，两小时后报结果，爆炸成功！"15时零7分，聂荣臻元帅来电祝贺：

"爱萍、西尧同志：消息传来，深为兴奋，特向你们并通过你们向参加这一次试验工作的同志致以热烈的祝贺！"

15时30分，彭真来电祝贺：

"完全照你们的计划成功了！很好，向你们表示祝贺！并转告全体同志。"

15时35分，杨成武来电祝贺：

"祝你们成功，这是党的胜利！人民的胜利！"

祝贺的电话一个接一个地飞向罗布泊。

可以说，没有谁比毛泽东更盼望这颗原子弹早响的，没有谁比毛泽东更清楚这一成功对中国意味着什么。

张爱萍上将向周总理报告第一颗原子弹爆炸成功。

第一颗原子弹爆炸后场景：倒地的铁塔。

周总理在人民大会堂宣布原子弹爆炸成功的喜讯。

在这成功的时刻，毛泽东却是那么冷静。

张爱萍向周总理报告："原子弹已按时爆炸，试验成功了！"

毛主席指示："是不是真的核爆炸，要查清楚。"

张爱萍再次报告："火球已变成蘑菇云，根据景象判断是核爆炸。"

毛主席说："还要继续观察，要让外国人相信。"

随后，一份证明确实是原子弹爆炸的详细文字报告传到北京。

当晚，在接见音乐舞蹈史诗《东方红》的演职人员时，毛主席终于抑制不住内心的激动，让周总理提前宣布了这一特大喜讯。顿时，全场欢声雷动。

周总理风趣地说："大家可以欢呼，可以鼓掌，可不要把地板跳塌了哟。"

第二天，周总理在向二届人大常委会作报告时特别指出："随着我国第一颗原子弹的爆炸，现在是应该扫除一切自卑感的时候了。"

的确，罗布泊一声巨响，是让世界重新认识中国的时候了！是所有炎黄子孙扬眉吐气的时候了！

亲手托举起蘑菇云的核弹元勋们此刻心情格外激动，他们清楚，我国爆炸的这颗原子弹，是按内爆原理设计的浓缩铀弹。后来，西方专家称这是一项惊人的成就。

美籍华人记者赵浩生写道："在海外中国人的眼中，那蘑菇状烟云是怒放的中华民族的精神花朵；那以报纸、广播传出的新闻，是用彩笔写在万里云天上的万金家书。"

中国第一颗原子弹爆炸成功的消息，给全世界爱好和平的人民带来巨大的鼓舞，祝贺的电文像雪片似的飞向北京。

美国总统约翰逊表现出罕见的慌乱，他先是发表声明说中国的原子弹意思不大，"不应过高估计这次爆炸的军事意义"。可是，在两天后却又惊呼："不应该把这件事等闲视之。"更具讽刺意味的是，赫鲁晓夫曾嘲笑中国"不参加核保护伞，到头来连裤子都没有得穿"，然而，就在中国原子弹爆炸前夕，他自己却灰溜溜地下台了。

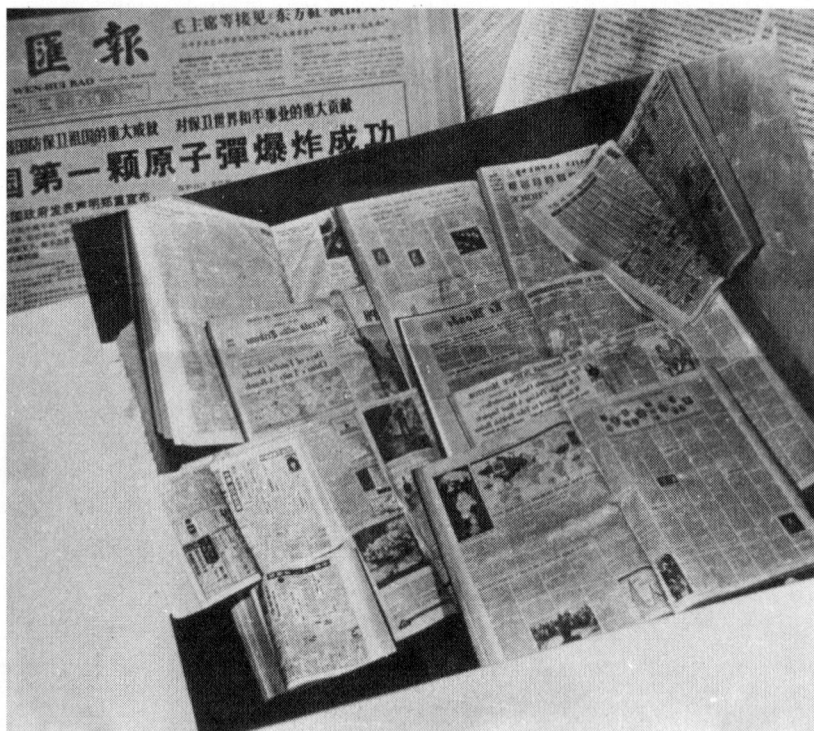

原子弹爆炸成功后的报纸。

# 十二

西方记者说中国是有弹没枪；
毛泽东说，
谁说我们中国搞不出导弹核武器呢，
现在不是搞出来了吗？

1962年3月，北京，中近程导弹发射失败的消息传来。

1964年6月，中近程导弹全程试射成功。

1966年9月，正逢红卫兵串联和"文革"高潮，周恩来严令：任何人不准靠近这趟列车！

1966年10月，钓鱼台宾馆，原子弹、导弹"两弹"结合飞行试验获毛泽东最后批准。

1966年10月27日凌晨，酒泉，一切就绪……

**威**力巨大的原子弹、氢弹，只有和射程较远的投射工具结合起来，才能组成战略核武器。美国和苏联分别在1958年和1964年部署了洲际弹道核导弹。

中国有了原子弹之后，美国国防部长麦克纳马拉预言：中国5年内不会有运载工具。有的西方记者说中国是"有弹没枪"。美国人又一次低估了中华民族的能力，他们绝没想到，中国在第一颗原子弹爆炸之前的三个月，就已经有了自己的中近程弹道导弹。

以钱学森为院长的导弹研究院成立后，任新民、屠守锷、梁守槃、庄逢甘、蔡金涛、黄纬禄、吴朔平、姚桐斌、梁思礼等专家先后从全国各地调来，形成了中国发展导弹技术的第一批骨干力量。

仿制苏式近程导弹刚刚成功，我国导弹技术队伍马上开始自行设计中近程地对地导弹。参加设计的科技人员，大部分是刚出校门的大学和中专毕业生。他们如饥似渴地学习钱学森亲自讲授的《导弹概论》，以及任新民、庄逢甘、梁守槃、朱正等专家讲解的火箭技术的基础知识，能者为师、互教互学的空气蔚然成风。

任新民是在美国取得博士学位的教授，一回国就开始小型固体火箭的研制。作为火箭专家，他在给科技人员讲课的同时，还认真听别人讲课，至今人们仍然记得任教授的听课笔记记得最全面、最仔细、最整洁，是大家的范本。

就是靠着这样一股刻苦学习和钻研的精神，在缺乏实践经验、没有技术资料、缺少地面实验设备的情况下，年轻的导弹研制队伍知难而上，用一年多的时间就设计制造了第一枚中近程导弹。

1962年3月21日，中近程导弹竖在了导弹试验基地的发射台上，即将进行首次发射。在场的科学家们对发射充满信心。9时5分，中近程导弹点火升空。谁也想不到的是，导弹飞离发射台后失稳，发动机头部预燃室因为破裂，燃起火焰，导弹仅飞行了69秒就坠毁在离发射台只有680米的地方，所幸没有人员伤亡。

第一次目睹自己心肝宝贝般的导弹坠毁爆炸，一些技术人员当场落泪，还有人失声痛哭，现场气氛非常压抑。

聂荣臻在北京等候消息。发射失败的消息第一时间传来。

电话里，张爱萍抱歉地要做自我批评，聂荣臻打断他的话，说："我们既然是试验，就有失败的可能性，不可能都是一次成功。这次失败了，下次有可能成功，多总结总结经验。爱萍呀，告诉下面，一定不要追查责任。"

"一定不要追查责任"，这句话温暖了全体参试人员的心。那个年代，办事往往偏"左"，专家们就怕过度地追查责任，怕无限上纲，怕给扣上"帽子"。谁不想试验成功？聂荣臻理解他们，才特意叮嘱了这么一句。

聂荣臻的话传达后，导弹试验基地的气氛平静了一些。许多年后，经历过那次失败的人，心里仍然牢记着聂荣臻对他们的理解和鼓励。有过失败经历的人，最难忘的不就是别人对自己的理解和尊重吗？

10天后，聂荣臻请钱学森、王净等五院领导前来座谈。一见面，聂荣臻就拉着钱学森的手说："辛苦你们了，大家都不容易呀，在戈壁滩紧紧张张地工作。"

"聂老总，我们没干好，对不起国家。"钱学森惭愧地说。

"这次没干好，下一次会干好，我相信我们的专家。"

聂荣臻看出，钱学森心情沉重。他鼓励说："不要怕失败，真金不怕火炼。"

聂荣臻说："试验本身就包括成功和失败两种可能，试验失败是不可免的，这次试验失败不是坏事，是好事。要从失败中吸取教训，改进工作。一切都很顺利是不可能的，政治工作要加强，要把这些道理讲清楚，这是很重要的一课，是活的政治工作，要深入教育。这次试验后，在技术上一定会有争论，争论是需要的，争论的结果，还是要靠试验才能解决问题。研究、试验工作还是要付点学费的。"

聂荣臻再次重申："失败了重在总结经验教训，不要追究责任。"

钱学森说："我是技术总负责人，我有责任。"

聂荣臻说："不能这么说，这与贯彻技术责任制不是一回事。"

最后，聂荣臻提出"五院在技术上应由钱学森当家"。在失败的时刻，这个话让钱学森心里充满了温暖和感激，也更让他感到了肩上担子的重量。

9天后，在国防科委、二机部、五院、六院、教育部等单位领导人参加的会议上，聂荣臻又谈到中近程导弹的失败。他说：

"从这次中近程导弹试验失败来看，必须一个型号一个型号地摸透，决不能有一点凑合，否则，偶然成了，下一次仍会出问题。中近程导弹试射未达到理想的目的，不要泄气。作为试验工作，这是正常的现象……天下没有试验一次就完全成功的科学家，总是通过多次甚至几百

任新民（左一），中国火箭专家，

次、上千次的反复试验，才能取得确实成果。一个好的科学家，必须具备成败两方面的经验。所以我听到消息后，并不感到惊讶，相反倒觉得是件好事。如果总是成功，我倒有点不放心，倒担心我们的成果是否扎实。从这次试射可以看出，我们在P-2上下的功夫是不够的，很多问题没有摸透。"

原因很快查找到了，一是没有充分考虑导弹弹体是弹性体，飞行中弹体会作弹性振动，与姿态控制系统发生耦合，导致导弹飞行失控；二是火箭发动机改进设计时提高了推力，但强度不够，导致飞行过程中局部破坏而起火。

著名航天技术专家任新民那时候47岁，他是美国密歇根大学的博士，回国后先在哈军工任教，不久就到五院工作，他主管中近程导弹的发动机研制。他一直清楚地记得中近程导弹试射失败的前后经过，据他回忆说："发射之前，该型号由于弹体细长，竖立在发射台上随风摇摆，一位领导开玩笑说：'怎么像林黛玉一样，摇摇摆摆，扭扭捏捏的。'实际上，由于我们经验不足，设计中没有充分认识到弹性振动对稳定系统的影响，发射没有成功，人们伤心地流下了眼泪，在返回驻地的路上，大家默默无语。"

任新民说："一些同志对自行研制产生了畏难情绪，甚至有人对能否自行研制火箭发动机表示怀疑。这时，聂帅出面说，在前进道路上最困难的时候，往往就是快要成功的时候。他鼓励我们科技人员说：'出了问题，责任由我来负，大家要振奋精神，认真总结失败的教训，争取下一次成功。'"

任新民又说："聂帅站得高，看得远。我听了他的话，心里热乎乎的，眼泪都快流出来了。聂帅的话对我们是一个很大的鼓舞。在他的领导下，我们科技人员顽强攻关，后来用较短的时间研制发射成功国产第一枚中近程导弹。"

中近程导弹尚在紧张的研制中，聂荣臻就想到了要把它和核武器结合起来。1963年9月3日，他在听取刘杰、钱三强、朱光亚汇报第一颗原子弹的进展情况时，就明确提出："我们装备部队的核武器，应该以导弹为运载工具作为我们的发展方向，飞机很难在现代条件下作为运载核武器的有效工具。"

他热切地盼望着中国自行研制的导弹尽快地飞起来。

屠守锷受命主持总体设计部工作，梁思礼、谢光选参加论证改进总体设计方案；有关部委和北京市大力协作，抢建了全弹试车台、振动试验塔等大型地面试验设备……

重新修改设计后的中近程导弹导弹，经过17项大型地面试验，105次发动机试车，终于在1964年6月29日7时，全程试射获得成功。

7月9日和11日，又连续发射两发全程，均获得圆满成功。3发3中，对刚刚跨进自行设计门槛的一支年轻队伍来说，这是一个了不起的成就。

钱学森高兴地说："如果说两年前我们还是小学生的话，现在至少是中学生了。"

聂荣臻说："这次中近程导弹地地导弹试射3发都成功，很好。这是几年来特别是1962年以来进行了一系列深入细致工作的结果。现在更看得清楚了，1962年试射未成功，的确不是坏事，这个'插曲'很有意义。"

核导弹虽然研制出来了，但要作为一种武器，必须经过试验才行，也就是要进行两弹结合的实弹试验。

这种试验危险性太大，稍有不慎，或者在发射现场爆炸，或者中途掉下来，或者打偏了，就会造成不可估量的损失。当初美国、苏联搞类似试验，都是把弹头打到国土以外荒无人烟的海岛上，中国要打，只能打在自己的国土上。因此，最初中央专委决定，两弹结合只搞"冷"试验，也就是发射之后，不使核弹头产生爆炸，而将"热"试验放到地下进行。

1965年12月18日下午，聂荣臻同罗舜初、钟赤兵、路扬一起听取国防科委核武器局局长胡若嘏的汇报。汇报说：二机部九院专家们提出，原计划1966年进行的以鉴定中近程导弹原子弹头核性能为目的的地下核试验，考验不了原子弹头在实际飞行状态下的状态参数是否符合要求，希望采用把原子弹头装在中近程导弹导弹上进行全射程的实际飞行状态下的核爆炸试验，但又怕导弹不保险。

听过汇报后，聂荣臻说："进行带有原子弹头的东风二号导弹全射程的飞行状态下的核爆炸试验要慎重考虑，不要轻易下此决心。以上意见，请提到中央专委会议讨论。"

12月底，周恩来主持中央专委会议，对这一建议作了慎重研究，责成国防科委会同二机部多做几种设想，进行研究比较，提出方案供中央专委审定。

周恩来说："进行这样的试验，我总是不放心，怕掉下来，二、七机部研究一下，七机部保证不掉下来，二机部研究万一掉下来，保证不会发生核爆炸。"

1966年2月，国防科委邀请二机部、七机部、总参作战部、装备计划部和西北综合导弹试验基地、核试验基地等有关负责人，研究了中近程地地导弹核弹头的试验问题，并讨论了试验方案。会议认为，采用地面各种环境条件模拟试验和地下核爆炸试验，都不能完全模拟飞行过程中的真实状态，起不到结合检验的作用；采用飞行"冷"试验方式，也不能结合检验原子弹头在飞行过程中的真实状态；采用全射程、全威力、正常弹道、低空爆炸的试验方式进行"热"试验，既可达到试验目的，又符合实际情况。从导弹的可靠性及试验的安全问题分析，中近程地地导弹（改型）本身有自毁装置，如在导弹飞行的主动段发生故障不能正常飞行时，可由地面发出信号将弹体炸毁，可靠性是高的，核弹头有保险开关，如在主动段掉下来，因保险开关打不开，只能发生弹体自毁爆炸或落地撞击，不会引起核弹发生核裂变。从安全角度分析，"热"试验也是可以进行的。因此会议商定使用中近程地地导弹（改型），先进行飞行"冷"试验，作为飞行"热"试验的练兵；飞行"冷"试验成功了，接着就进行飞行"热"试验。同时还就发射阵地、弹着点的位置及射程、测试项目、任务分工等问题作了具体研究。

在三座门军委办公厅的一间会议室里，主持会议的聂荣臻细心地倾听着各个方面的情况。直到深夜，讨论还在热烈地进行。

聂荣臻问："导弹和原子弹结合后，在我国本土上进行热试验，大家说说看，到底有多少成功的把握？"

会议室一下沉静下来。

聂荣臻说："你们放开讲。"

钱学森首先说了自己的估计，接着其他同志也一一发言，大家都认为"百分之九十的把握还是有的"。

听了大家的发言，聂荣臻沉思片刻，右手在桌子上有力地一拍：

"就这么定了。科学试验总是有成功，有失败，谁也不敢打百分之百的保票。有百分之九十的把握，我们就可以下决心了。"

2月26日，国防科委将研究结果报告中央专委。1966年3月11日，在人民大会堂新疆厅，中央专委在周恩来主持下举行第十五次会议，周恩来开门见山："今天的会议主要是讨论国防科委关于两弹结合试验的报告。"

会议审慎地研究了国防科委的报告，为了对人民高度负责，必须采取最严格最可靠的措施，保证导弹飞行弹道下面的居民绝对安全。为此，中央专委广泛听取了有关专家和二、七机部的领导干部的意见，经慎重研究后确定：由二机部负责对核弹头进行落地撞击和发生燃烧等异常状态下严格的地面模拟试验，确保核弹头在未解除保险时，即使发生各种异常状态，也不会发生核爆炸；由国防科委在实施正式发射试验前，组织进行若干次以严格检验导弹及其核弹头的安全性和可靠性为目的的飞行"冷"试验（不装核燃料），在确有把握的基础上，再进行飞行"热"试验（装核燃料）；由总参谋部、国防科委切实做好紧急疏散居民和参试人员的准备工作。

周恩来严肃地说："一切准备工作在八月底前完成。二、七机部互派工作组深入有关院、厂进行工作，工办检查落实。"

中央专委批准进行原子弹、导弹"两弹"结合飞行试验。

我国这次试验，由巴丹吉林沙漠发射，弹着区设在罗布泊，万一在飞行中间掉下来，或偏离弹着区，都将造成不堪设想的后果。因此，确保试验安全就成为周总理和中央专委特别关注的重大问题。

在原子弹和导弹试验中，周总理反复强调，一切工作都要百分之百地保证没有问题才行。

为了确保安全，专门进行了验证导弹安全自毁装置在飞行中可靠性的试验。试验结果证明，安全自毁系统非常可靠。

周恩来在西北综合导弹试验基地观看地空导弹打靶试验。

1966年6月30日，周总理访问罗马尼亚、阿尔巴尼亚等国家后，由拉瓦尔品第回国，于14时40分到达导弹试验基地，检查这次导弹核武器试验的准备情况。

据刘柏罗回忆，周总理这次视察也到了核试验基地。可是在核试验基地却没有任何记载。为此，我们特意访问了刘柏罗和原核试验基地副司令员张英等一些老同志。刘柏罗非常肯定地说："总理是去了核试验基地，我记得是乘飞机去的，在核试验场上空看了看。周总理在中央专委会上不止一次地讲，第一次原子弹爆炸用的铁塔弯弯曲曲地倒在地上，从空中看得很清楚。总理还说，真是不到新疆，不知新疆之大。"

提起这次视察，张英回答说："对，是有这件事情。本来总理是准备降落在马兰机场的，后来考虑是从国外回来，机上人员多，对基地不方便，就没降落，让飞机到核试验场空中转了一圈，那里本就是飞机的一条航线……这事当时很保密，基地很少人知道。"

我们推测，周总理专机很可能是沿导弹核试验的飞行轨道到达导弹发射基地的。他要亲眼看一看导弹核试验沿途情况。以周总理那样严肃认真、周到细致的作风，这么做是件很自然的事情。

总理不顾长途飞行的疲劳，一下飞机就在基地第一招待所接待室听取了汇报，还与正在基地检查工作的杨成武代总参谋长谈了话。随即又视察了地地导弹发射阵地，观看了地空导弹的实弹发射。当火箭喷着浓烈的火焰腾飞时，总理从座位上站起来，用手遮着光线，全神贯注地注视着火箭在天空中飞翔。

第二天上午，周总理由杨成武和基地李福泽代司令陪同，乘直升机视察了场区以北的居延海、黑城子、乌苏木等地，还察看了兰州军区防务工事。

9月5日，聂荣臻听取了国防科委及各参试单位领导人的汇报，检查了准备工作完成情况。

12日，张震寰率机关工作人员先后到这两个基地检查准备工作，具体落实了试验方案、计划及安全防护措施。

15日，总政治部批准成立"两弹"结合试验党委，张震寰任第一副书记，栗在山、张蕴钰任副书记。

24日至29日，发射区和弹着区多次进行了时间统一，勤务信号和通信联络的合练以及发射合练。实际检查了弹区的各种测试设备、控制系统、有线及无线电通信设备及线路工作状况。

"真试"的时刻一天天临近了。

这时候，"文化大革命"的风暴已经来临了，全国各地的造反运动，使很多国防科研单位受到冲击，就连执行两弹结合任务的绝密部门，也开始乱套了。聂荣臻为此忧心如焚，他的一部分精力也不得不转移到保护知识分子，保护国防尖端科研部门不受侵害上。

与此同时，社会上也开始"炮轰"聂荣臻。在中央文革小组的鼓动下，北京航空学院和国防科委系统几所院校的学生，把斗争的矛头对准了聂荣臻，到处都能看到批判他的大字报。从中央上层到国防科委机关，不断有人提出要撤销国防科委，彻底清算聂荣臻的问题。他就在这种混乱无序的状态下，小心翼翼地协助周恩来抓两弹结合试验的组织领导和决策工作。

9月5日，聂荣臻在听取两弹结合飞行试验准备工作的完成情况汇报时，说："两弹结合飞行试验不能因为'文化大革命'而停下来，要防止有些人思想不集中而影响产品质量，导致试验失败。试验前要进行一系列质量检查，不光'两弹'本身，还有外单位的协作件，主要是各种仪表，都要仔细检查。导弹核武器飞行经过的红柳园，试验时13000名居民必须疏散，一切工作停下来，以防万一。否则，物资损失事小，出现人员伤亡问题就大了。"

9月24日上午，聂荣臻在国防科委局长以上干部会议上说："国防科委管的几所国防工业高等院校，绝大多数学生是好的，但他们分成派，我们不能讲这派是左派，那派是右派。要多做团结工作，有问题要文斗不要武斗。周恩来总理指示，国家机关10月15日运动告一段落，以后转向改革机关体制。对此，国防科委要做好准备。国防科委机关还是大了些，不能总喊人不够，人数不在多，要组织得合理，才能发挥作用。大家应当从党的利益出发，对国防科技事业负责。如果从个人考虑，我身体不好，国防科委撤销，我正可以休息。但科学实验是毛主席讲的三大革命运动之一，我不能甩手不管。国防科委与国家科委工作上是紧密结合的，取消国防科委，国家科委对全国科技工作就更难组织协调了。"

聂荣臻特别强调："业务工作不能放松，七机部很多工作停了，令人担心。只想搞运动，心不在焉，技术上稍一粗心，就要出事。国防科委要去抓，保证'两弹'结合飞行试验顺利进行。"

1966年9月25日，中央专委召开了第十六次会议。周总理说："上次专委会后，就主要是'文化大革命'了，五、六、七（月）想开专委会都没开成。"接着他强调指出："中央已经决定，工厂、企业、研究机关、农村、财贸、党政、群众团体一律不组织红卫兵……有些单位，如涉外机关，已有红卫兵，要主动取消。科研机关可仿此办理，如二机部可取消红卫兵。各种要害的、尖端的部门工作，必须继续进行，不得中断，保证高质量，如期完成。""对科学家、技术人员应该加以保护，要把'抓革命促生产'两套班子组织好。"

会议原则同意国防科委的安排，在10月初进行"两弹"结合自毁试验，10月中旬进行飞行"冷"试验，并根据这两项试验的情况，再决定进行飞行"热"试验的时间。公安部及有关部门组成联合小组，统一指挥导弹飞行弹道下面一万余名居民的临时疏散工作。

9月底，"两弹"结合自毁试验和飞行"冷"试验用的导弹及弹头运往导弹基地。这时，正是"红卫兵"串联和动乱的高涨时期，为了保证产品运输安全，周恩来专门指示发个布告：这趟列车不准任何人登车，不准随便靠近和检查。

10月7日，在导弹试验基地进行了一次实际检验安全自毁系统的"两弹"结合飞行试验。导弹起飞后，弹上和地面所有的设备工作正常，并按预定程序、弹道、时机、弹头在先、弹体随后在空中爆炸自毁。弹着区也按正式试验程序进行合练。这次试验的结果证明，导弹工作正常，安全自毁系统可靠，达到预定的试验目的。

10月8日，周恩来主持中央专委会议，听取张震寰关于"两弹"结合安全自毁试验的结果以及"冷""热"飞行试验的准备情况和10月份天气符合试验条件的日期预报的汇报。周恩来指出：这次试验非常关键，美国是在海上搞的，法国还未搞过，我国是在自己大陆上搞，不要出乱子。"冷"试弹要严格检查，都要记录下来，"热"弹一点差错没有才行，要把各种因素都考虑到。弹头撞击试验，斜撞击、横撞击都要进行试验。红柳园安全问题，由铁道部政治部派一名副主任去安排，在10月20日前准备好。弹着区安全问题，"冷"弹试验时弹体在被动阶段也会炸，人员要撤远一些。"热"弹头运输要用专车，由国防科委负责安排。这次试验，由国防科委张震寰负责，10月10日到基地，两基地都要看一下，"冷"试回京再汇报一次，报主席下决心。"冷"试现在就做安排，时间在10月15日前后。冷试详细结果要在二三天内报来。这次试验二机部李觉和七机部钱学森参加。

会上聂荣臻元帅说："安全问题，核试验基地工作区还要做一些工程，热试验时，另一任务场区工程要停一下。"

10月13日8时30分，第一发"冷"试验弹发射成功；16日17时30分又成功进行了第二发"冷"试验弹的发射。这两发运载模拟核弹头的导弹飞行正常，引爆控制系统工作可靠，并在弹着区内预定的高度按程序起爆了炸药部件，从而进一步检验了导弹以及引爆控制系统的可靠性。

10月20日，人民大会堂福建厅。

这是导弹核武器试验前的最后一次专委会。

罗舜初、钱学森、李觉、张震寰、胡若嘏、谢光选、龙文光等工作人员围坐在两圈沙发上，一张巨大的地图在中间的地毯上展开。

人们在等周总理。会议原定晚8点半开始，秘书进来说："总理那个会还没结束，结束后再开这个会。"

一个小时后，总理和叶剑英来了。

这时，一位服务员端来一小碗面汤、两个包子，秘书说："总理还没吃饭呢。"

总理说："你们开会，我边吃边听。"

张震寰汇报两次"冷"试的结果和"热"试的准备情况。

总理对大家说："今天的会议，请我们的叶参座参加，"又面对着叶剑英说："不要什么事情都要让我们去管，你们年轻人来多管一管嘛。"

参加会议的胡若嘏回忆说："当时我看很像是让叶帅管一管专委的

日常工作。叶帅对这方面的工作很是关心的，经常主动来问，让及时给他报告情况，但后来一批'二月逆流'，叶帅就没管。"

在这次会议上，叶剑英说："这次试验搞成功，在国内外将引起很大震动。过五关斩六将，"热"试这是最后一关，一定要检查得更仔细，连一个螺丝钉都要检查到，提出若干条方案，坚决杜绝疏忽大意。"

叶剑英勉励说："根据中国的实际情况，这样的试验只能在本土上搞。这得冒一定的风险，要做好准备工作，把试验搞成功。"

周总理说："这次'热'试只许成功，不许失败，一定要百分之百地完成。""从领导到每个人都要更加细心，保证地面上没问题，操作中不出问题，坚决消灭掉人为的差错。工作检查好了，要让部队好好休息，搞好伙食。"

周恩来强调指出：凡想到的问题都要检查到，一切缺陷都要弥补好，要做到所有检查结果都没问题，尽最大努力使试验获得成功。在该做的都做好了之后，也要敢于冒一定风险，无限风光在险峰啊！要沉着地打好这一仗。

龙文光回忆说："总理一边吃包子，一边问这问那。图纸摆开在地毯上，总理趴在图纸前，看看导弹飞行弹道，看看弹道下的居民分布情况。总理反复问：导弹能打多远？核弹头杀伤范围有多大？有没有危险？他的着眼点，一是安全，二是国际反应。"胡若嘏说："一直到12点过了，这个会才完。秘书告诉总理，家里还有一班人等着哩……"

会议结束时，聂荣臻说："为使各项工作力争做到万无一失，我决心到现场去主持这次试验。"周恩来满意地点点头："有聂老总去亲自主持，我们更感到放心了。"

10月24日晚上，周恩来、聂荣臻、叶剑英来到钓鱼台宾馆，向毛泽东作了详细汇报。当聂荣臻汇报到两弹结合箭在弦上，靶场试验准备工作已经就绪时，毛泽东说："谁说我们中国搞不成导弹核武器呢，现在不是搞出来了吗？"毛泽东批准了这次试验，同意聂荣臻到现场主持试验。汇报完后，毛泽东亲自送周恩来、聂荣臻、叶剑英出门，走到门口，毛泽东又亲切地关照聂荣臻："荣臻同志过去是打胜仗的，这次要准备打败仗，打了败仗也不要紧，接受教训就是了。"

出发前，聂荣臻几天前所患的感冒一直没好利索，仍然有些发烧。周恩来打来电话询问，他当即回答说："一点小病，已经好了。"

周恩来又问："能不能去发射场？"

聂荣臻提高了声音说："身体好好的，怎么不能？"

1966年10月25日上午，聂荣臻从西郊机场登上专机，飞往酒泉的导弹试验基地。他走的时候，还发着低烧。

经过3个多小时的飞行，专机到达导弹试验基地机场。

当天下午，聂荣臻顾不上休息，便召集七机部副部长钱学森、二机部副部长李觉、国防科委副主任张震寰、基地代司令员李福泽、政委栗在山等人开会，听取导弹、核弹头测试情况和气象部门的汇报。他说："我来之前，毛主席对我说，你过去常打胜仗的，这次也可能打败仗，打了败仗也不要紧，搞试验哪有不冒风险的。毛主席的意思是要有两手准备，让我们不要打无准备之仗，不要打无把握的仗。这次试验前三发'冷试'是顺利的，所以'热试'一定要谨慎。"

这期间，为了确保安全，国防科委已经组织有关领导、专家和参试人员一起制定了出现意外情况的应急处置方案和防护措施。铁道部调集了三列火车在红柳园待命，总后勤部和国防科委派出了五百台汽车在安西待命。此外，为预防万一，空军派飞机对预定弹道两侧各二百公里的

聂荣臻视察导弹试验基地（前右二为张震寰，前右三为钱学森）。

地区，进行了安全搜索……

根据气象部门的预报，25日夜场区将有强寒流和20米／秒以上的大风，可能直接影响程序的顺利进行。

聂荣臻听了场区气象情况汇报后，果断同意按程序进行转运、加注、发射，但指示组织要更严密，工作要更周到，动作要绝对准确，一定不能出差错，并要求及时将情况报国防科委和周总理。

25日夜里，气温果然下降到摄氏零下十几度，狂风裹着黄沙，刮得天昏地暗，电线发出刺耳的尖叫声。

试验基地的弹头系统联试大厅中，本来就稀少的空气，仿佛都凝住了。那闪烁的氖灯，跳荡的数据，急促的口令，构成了一种神秘的氛围。这里正在进行导弹试验前的最后一次系统平试检查，再过二十几个钟头，导弹就将按预定时间在首区发射升空。联试大厅里显得格外的宁静，除了指令声和仪器的声音外，再也没有其他声响。人们屏住呼吸在静静地等待着。时间一分一秒地过去了，系统部件按照指令，正常地运行着……

26日，聂荣臻批准导弹和核弹头向发射阵地转运，他和国防科委张震寰副主任、二机部副部长李觉、七机部副部长钱学森等领导冒着大风一直在阵地上仔细观察着部队操作。

到达发射阵地后风速稍微小了一点，但仍在20米／秒左右，飞沙走石，打在脸上像针扎一样。在这样的情况下，二中队吊装组打破了风速在15米／秒以上、气温在摄氏零下11度以下不能展开高架起重机的规定，迅速展开了设备，进行吊装。由于风太大，导弹刚吊离运输托架，就在空中不停摆动。他们立即组织了16个人在两侧用绳子将导弹拉住，可是，人站立不稳，龙门吊也有轻微晃动。一直在现场的张震寰副主任关切地对一部参谋长、阵地指挥员王世成说："风太大，不行就停一会儿。"为了防止碰撞，他们重新组织人力，又增加了1条绳子和12个人，有人拉着，有人扶着，有人观察，准确而精细地操作着，用最低最慢的速度一毫米一毫米地起竖对接，终于将导弹安全地竖起并固定在发射台上。

测试发射人员顶着狂风，冒着严寒，连夜进行各项测试检查。

在进行导弹瞄准时，一阵狂风袭来，眼看瞄准仪器要被刮倒，操作手毫不犹豫地解开衣服将仪器抱在怀里，避免了一起事故。舱机操作手赵富修为了消除导弹起飞的零位误差干扰，冒着摄氏零下十几度的强寒坚持不戴手套，用冻僵的双手认真仔细地调整。按技术要求调到0.3伏即可，当他调到0.05伏时，还不满足，硬是将4个舱机全部调到零位。这次试验凡是能想到的问题都想到了，一切该检查的部位、项目都检查了，并且使仪器、参数达到最佳状态。

技术人员正在对接，聂荣臻来到导弹发射架下。两弹对接和通电时，是最危险的时刻，人们力劝聂荣臻离开，到掩蔽部去。

谁知，聂荣臻却拉了把椅子，干脆坐了下来："你们不怕危险，我有什么可怕的！你们什么时候对接、通电完，我就什么时候离开。"

聂荣臻的举动，极大地鼓舞了操作人员的信心，整个对接、通电过程非常顺利。一切都完成后，聂荣臻高兴地在导弹发射架下，与在场的科技人员、领导干部合影留念，留下了珍贵的历史镜头。

傍晚，核导弹巍然竖立在发射台上。各系统操作人员仔细地进行了外观检查，检测了各种仪器、设备，均符合技术要求。紧接着进行了三次全系统总检查，检查结果，各系统协调性良好，头部调温、弹上压力调整、电气参数都符合标准；发动机装置的各器件正确可靠；控制系统零位调整趋于零位；舵机极性和飞行程序完全正确。

10月26日，罗布泊靶场。

张蕴钰在指挥所和张震寰用电话互相通报了首区与末区的情况。张蕴钰说，末区已经做好了充分准备，气象条件以及其他一切工作的安排首先考虑首区的需要，什么时候发射都可以，弹着区的各项准备工作基本就绪。光学、力学测量仪器，遥测设备，系统接受设备，观察仪器，控制仪器等设备分别布放在发射首区各个部位上，经过调试、单项和全场联试以及发射首区进行合练，所有仪器设备工作正常可靠。

为这次试验，在戈壁滩上架设了几百里专线和复线，以有线通讯电为主准备了两套通讯方案，末区和首区建立了专线联系，经过四次全练预演，证明完全可以满足指挥和勤务保障的需要。

安全问题仍然是试验考虑的重点。根据弹着最大偏差距离和安全边界与范围，把测试点、测试站全部布放在安全边界之外。部队配置在导弹走廊横偏几十公里以外较安全的地区，配备充足的防护器材。对远区居民点的安全做了论证，对距靶心以东导弹走廊几百公里内进行了空中侦察搜索，空中穿云取样的各型飞机进行了多次演练。

夜间，张蕴钰决定把指挥所搬到预先选定的靶心以北的一座山头上。通过首区不断传来的电话，导弹从完成最后的测试到进场、加注、弹头对接、起竖的各个环节的进程，末区都得到了清楚、及时的通报。

10月27日凌晨5点多钟，发射阵地一切准备工作就绪，就等待加注推进剂了。

阵地上安装有直通周总理办公室的专线电话。张震寰副主任在电话上向周总理做了汇报，请求加注、发射。

周总理听了很高兴，指示说："可以加注。要安全发射，准时发射，祝你们成功！"

紧接着，阵地上进入加注推进剂及临射前的各项检查之中。

七机部作业队长谢光选回忆说："导弹加注前，临时党委特别考虑到聂帅的安全，作出决定让他进防护掩体。眼看加注时间到了，可聂帅还在外边察看。发射团长着急了，问我是否加注。我说：聂帅不撤至安全区，我们就不加注。过了一会儿，基地司令把我喊去，要我去请聂帅回安全区。我说：这件事该你司令来办，我去算干什么的？他答：聂帅尊重专家，你去嘛。我奉命行事，先给聂帅敬个礼，然后说：该加注了，您在这里，我们只好中止；您离开这里，我们就可以加注了。聂帅问：这是谁说的？我回答是党委定的。他没有再说什么，又细心地察看一番才走向安全区。"

地下控制室距发射台最近，也是最危险的地方，控制室离发射台只有100米，深4米，万一试验不成功，很可能遭致惨重后果。

当发射程序进入"一小时准备"时，李福泽代司令员下到控制室，坚持要留下。控制室本来就小，一人一个岗位。因为这里危险，经过慎重研究才确定留下7名同志，没有司令员的位置，人们也不能让他留在这里，所以竭力劝他离开。当聂荣臻得知李福泽不肯离开时，亲自打电话让他赶快回到指挥所。李福泽仍坚持和控制室同志们在一起。后来，高震亚政委说："你不离开控制室，就推迟发射。"这样，李福泽才勉强上到地面，但又在发射场坪坐了下来，直到进入"30分钟准备"，张震寰副主任再次打电话催他立即离开发射场时才离去。

上午8时半，按程序进入"30分钟准备"。此时阵地上只有地下控制室的7名同志，他们是：基地第一试验部政委高震亚、参谋长王世成、中队队长颜振清、控制系统技师助理员张其彬、加注技术员刘启泉、控制台操作员佟连捷、战士徐虹。

地下控制是完全密闭的，空间非常狭小，只有十几平方米，还摆放着许多仪器设备，像是与世隔绝的另一个小天地。为了防止意外，他们准备了几天饮水和食品，安装了氧气再生设备。各种设备通电后，散发出大量热量，使室内气温高达40摄氏度，又闷又热，连呼吸都感到困难，工作时间长了，有的同志直喘粗气。徐虹的身体本来很弱，因进入阵地时晕车，连饭都吃不下去。佟连捷连续几天拉肚子，面色蜡黄。大家似乎都忘记了一切，全神贯注地做着每一个动作。

"15分钟准备！"阵地指挥员王世成下达了口令。首区指挥所用密语请示国防科委并周总理："卫要武、戴红身体检查合格，可以出发"（意即导弹、核弹头技术部件全部合格，可以发射）。

这时，王世成、颜振清又到阵地上仔细检查了一遍。到地下室后，王世成怀着激动的心情声音洪亮地给大家朗诵了一首诗："主席思想更高举，雄心壮志定实现；为了革命搞试验，誓把生死抛一边；严阵以待要沉着，关键时刻更勇敢；巨龙腾空震五洲，春雷撼动地和天；主席思想放光芒，四海欢腾敌悲惨。"接着，高震亚做了射前的再动员，鼓励大家就是出了天大的事，也要顶得住，紧紧地团结在一起，一定要争取胜利。

时间一分一秒地过去，离发射时间只有七八分钟了。高震亚拿出国防科委首长赠送的毛主席像章，郑重地缀在每个人胸前。大家不约而同地转向毛主席画像，心情更加激动，发誓要完成党中央毛主席交给的任务。测试最后的参数时，大家全神贯注，激动而又紧张地轮流着相互检查了一遍，直到确信无误后才放心。

上午9点10秒，王世成下达了"点火"口令。操作员佟连捷沉着果断地按下发射按钮。霎时，一声轰鸣，导弹托举着核弹，喷着浓烈的火焰起飞了。此时，地下控制室里静极了，大家凝神屏息，连大气也不敢出。除了心脏的跳动声，似乎周围的空气也凝固了，人人焦急不安地等待着外部世界的最后消息。

柳园。警报器、军号和紧急集合的哨音响成一片，一万多群众在部队的组织下进行了防空演习。为防万一，人们都撤到了安全地带。

罗布泊，核试验靶区。"零"前一小时。

在指挥所里，张蕴钰不时地和张志善、张英两位副司令员交谈着，借此来冲淡紧张的气氛。山头上的风和气象预报不大一样。风很大，至少有七到八级。天气有些冷，大家虽然紧张但都表现得非常镇静。他们把指挥所选择在山顶上的另一个目的是，一旦导弹出现偏差，如果落在前面，可隐蔽在山后；如果在山后爆炸，可隐蔽在山前。山顶成了他们进退的依托屏障。其实，这完全是一种自我安慰。如果导弹出现毛病落在这里，在高空爆炸，无论隐蔽在哪里都无济于事。一个人所能承受的压力是很弱的，何况这一切都发生在瞬息间，根本没有回旋的余地。然而，能够自我安慰一下也好。

当预定时刻临近的时候，气象变化对弹着区的安全有些不利。但首区已经做好了一切准备，特别是燃料加注后更不便推迟发射，那里几万官兵、职工、家属和附近上万名群众已经做了疏散转移。

箭在弦上，不能不发！

和首区相比，他们觉得末区几乎是无足轻重的，因此也就没有什么再可顾虑的了，一切听候首区的。

"点火"口令下达了。刹那间，大地轰鸣，核导弹腾空而起，像一条怒吼的巨龙直冲天宇。

核导弹点火起飞。

原核工业部部长李觉（中）在导弹核武器实验场。

遥测仪器不断传来无线电信息："程序转弯"，"发现目标"，"遥测信号良好"，"导弹飞行正常"。

指挥所顿时响起一片热烈的掌声。

唯有李觉却不鼓掌，他正在紧张地等待着那个最后的信号。那一刻，显得那么漫长。

在1993年6月的采访中，80高龄的李觉老人向我们讲述了当时的心情：

"我站着，看着，像个木偶一样一动不动，心里非常沉重。进入程序飞行，还有一段路哩。我准备它掉下来，掉下来得自毁，不能让它落地；飞行正常，核弹正常不正常，还要看我的那套系统信号清楚不清楚，还有什么问题。心里装着这两个事，很紧张，心都掉下去了。那面传来消息，核爆炸的动作正常，阿弥陀佛，我这才放心了。人家说你怎么老不鼓掌啊！我说我那玩意儿的结果还不知道，怎么鼓啊！你鼓你的掌，我这掌不能鼓啊……"

9时9分14秒，从罗布泊传来了激动人心的信息："核弹头命中甲标，实现核爆炸！"一直悬着的心总算放下了，李觉和大家一起鼓掌。刚拍了拍手，他就被一群年轻的科技人员抬起来抛向空中，成功了，成功了！这些年轻人一边抛着他们的院长，一边忘情地欢呼，大家都忘了，院长有心脏病。

成功的消息传到了控制室，7位勇士激动得热泪盈眶，互相握手，连连高呼："胜利了！成功了！毛主席万岁！万万岁！"

30年后的1997年6月，我们在茫茫戈壁中找到了这个发射阵地和地下控制室。发射阵地只剩下水泥浇铸的一点残迹；地下控制室也已空无一物，只有墙上几条毛主席语录依然十分醒目……让我们强烈地感受到

聂荣臻元帅视察核试验基地。

当年那种神圣和神秘，那种崇高和悲壮。

发射成功后，聂荣臻立即在敖包指挥所向周总理做了报告。27日晚，基地在大礼堂召开了隆重的庆贺大会，聂荣臻、张震寰、钱学森、李觉等领导出席了大会，聂荣臻铿锵有力地宣告："我国进行的导弹核武器试验圆满成功了！"此刻，整个大礼堂欢声雷动。

讲话后，聂荣臻高兴地对钱学森和李觉说："你们也讲讲，二机部、七机部，二七风暴嘛！"

李觉说："聂老总你讲了就行了。"

聂荣臻说："你一定要讲！"

钱学森讲话后，李觉在掌声中走上讲台，没头没尾地讲了两句："万里长征第一步，我们继续努力吧！"就站不住了，他觉得心脏不对劲，一手扳着椅子，一手扶着桌子。聂荣臻说："你坐下说嘛！"李觉说："我没啥说的了。"他匆匆走下讲台，被人扶出了会场。这些天，他太紧张，也太劳累，心脏病又犯了。

试验成功后，聂荣臻元帅在给毛主席、林彪、周总理的报告中，讲道："在自己国土上用导弹进行核试验，并且一次就百分之百地成功，这在国际上是一个重大创举……从第一次核爆炸到小型化核弹头，美国用了13年（1945—1958），苏联用了6年（1949—1955），我们只用了两年，比美国快六倍半，比苏联快三倍。"

1966年10月31日，元帅飞临罗布泊。

在近一个小时的航程中，聂荣臻翻阅着一件件外电的评论，脸上露出了欣慰的笑容，看来，这次试验是打了一个胜仗。

日本《共同社》10月28日报道说：中国用导弹进行核试验取得成功的消息，说明中国发展武装的速度快得超出预料，这大大地震惊了全世界。

中国问题专家、早稻田大学安藤彦太郎教授曾说：过去每次成功地进行核试验的时候，我都住在中国。当时，中国有意识地避免用支持原子弹的游行等群众活动来表示喜悦。中国政府似乎贯彻着"人比武器重要""为了消灭世界上的核武器而拥有核武器"的原则。但是，中国人民因核武器有了信心。

阿尔及利亚《圣战者日报》10月28日评论说：中国的新的核试验——它是中国自1964年10月以来进行的第4次试验——是十分重要和十分有意义的，因为它一方面表明中国已经成功地把核弹头微型化并使它具有作战价值；另一方面又表明中国拥有可以把弹头送到一定距离的火箭。

日本《每日新闻》10月29日评论说：共产党领导中国在第一次核试验以后仅仅两年时间就进入核导弹时代。这件事比前些时候的红卫兵旋风更加强烈地冲击了世界。它发展核武器的速度的确是迅速的……

在核试验场的戈壁滩上，67岁的聂荣臻元帅冒着五级大风站在解放牌卡车大厢板上，向参加这次试验的将士们发表了激情澎湃的讲话：

"这次试验是在我们国土上，响在罗布泊，却打在敌人身上。爆炸原子弹，它产生的巨大威力却来自不知强大多少倍的精神原子弹，这个伟大的力量正在引起强大的连锁反应，强烈地震动着全世界。

"你们直接参加了这次试验，付出了巨大的劳动，发挥了高度的智慧，夜以继日地不怕苦不怕累，辛勤工作，兢兢业业，保证了这次试验任务的完成，这是你们的光荣，是中国人民解放军的光荣，是全中国人民的光荣，是我们伟大祖国的骄傲。

"介绍一下西方世界的反应。他们说：中国成功发射导弹核武器，是特等重要事件，使美苏发抖。万万没有想到，这好像是亚洲上空的一声春雷，震撼了全世界。中国闪电般地进步，也是神话般不可思议……"

的确，这是一个特等重大事件，是一个不可思议的神话。

"两弹"结合飞行试验成功，中国有了可用于实战的核导弹。这以后，我国组建了战略导弹部队——第二炮兵。

1980年，我国向南太平洋发射射程为9000多公里的洲际导弹试验成功；1988年，导弹核潜艇潜地导弹发射试验成功；1999年8月2日，我国又成功地进行了一次新型远程地地导弹发射试验。我国的战略核导弹，从中近程发展到远程，从液体燃料发展到固体燃料，从陆上发展到水下，从固定阵地发射发展到隐蔽机动发射，相继研制成功多种型号、不同射程的战略导弹武器系统，并陆续装备部队。

# 十三

毛泽东说氢弹也要快；
邓小平说看来我这个任务非完成不可了；
科技人员提出要响在法国前面。

1964年，第一颗原子弹炸响后，周恩来说："三年才能爆炸氢弹，太慢了，要快！"

1966年，聂荣臻派兵把守研究所宿舍大院；周恩来指示，一些从事机密工作的专家，名字不许上大字报。

1967年2月，聂荣臻建议，周恩来同意对西宁221厂实行军事管制。

1967年6月17日8时，试验场地上空出现了一个白色圆柱体……

**19**67年6月17日，新疆吐鲁番火车站。

太阳刚刚从地平线上升起，从北京开往乌鲁木齐的69次列车停靠在站台上。这时，一片耀眼的光芒照亮大地，一位乘客吃惊地大喊："快看呀！天上又升起了一颗太阳。"人们纷纷拥挤到车窗前、站台上，惊奇地张望着、议论着。

突然，一声巨雷从半空中飞落，大地久久震颤，门窗哗哗作响……

与此同时，乌鲁木齐、库尔勒等地也爆响了晴天霹雳，许多楼房的玻璃被震得粉碎……

当天深夜，一条激动人心的消息从北京飞出：

中国第一颗氢弹爆炸成功！

一时间，举国沸腾，举世震惊。世界又一次把关注的目光投向北京——

【共同社东京十八日电】特派记者福原北京18日电，北京广播电台17日深夜广播说，中国第一颗氢弹爆炸成功。到18日零时半的时候，北京市内就已经出动了大批敲锣打鼓的游行队伍，天安门前长安街的路灯辉煌，交通警察大量出动。在天安门前广场上张贴了"热烈欢呼第一颗氢弹爆炸成功"的标语。

【新华社伦敦十九日电】英《太阳报》6月19日刊登文章《北京敲响了氢弹的战鼓》：昨天北京举行盛大游行庆祝中国的第一颗氢弹的爆炸。兴高采烈的中国人汇集成一排排的游行队伍，敲着锣打着鼓前往共产党的总部送交贺信。

【新华社伦敦十九日电】英《每日简报》6月19日发表评论：

他们有7亿人，而现在他们有一颗氢弹了。

他们进行了试验，告诉了我们这个消息，在这个疯狂的世界上，谁也没有任何理由认为他们在说谎。

在朗读毛主席语录，和用糨糊抹英国外交员以及互相戴纸帽子的当儿，中国人却有时间在核弹事业中从原子弹发展到氢弹，其速度比任何其他搞核弹的国家都快。

而合众国际社的一则消息则说，美国国务院的官员注意到毛泽东主席、国防部长林彪和目前的其他高级领导人昨晚在北京看京剧。也许这是为了配合在新疆省罗布泊附近的沙漠中的这次爆炸。

费鲁齐奥·帕里主编的《观象仪》周刊6月25日的一期发表了卢查诺·瓦斯科尼的一篇文章，题为《中国：可信任的氢弹》。文章是以下述小故事开头的：

听说，6月17日一位塔斯社记者气喘吁吁地跑到了玻璃宫——那里联大特别会议刚开始——走到柯西金面前说："总理同志，北京电台已经宣布，中国掌握了氢弹……"柯西金瞅着这位记者，但是说不出话来。记者又说："总理同志，这次爆炸是在新疆进行的，就是反毛派所控制的省份……我们曾经报道过此事……他们会让氢弹爆炸吗？"柯西金更加注意地瞅着记者，面容显得越来越可悲可怜。后来，他终于开了腔："同志，你为什么如此慌张，你信任塔斯社吗？"

《星期日泰晤士报》以《中国爆炸氢弹》为题，发表一篇评论：

中国在通向完全核地位的道路上前进的速度，又一次使西方专家们大为惊诧。它的第一颗氢弹爆炸的实现，比预计的早了六个月到一年的时间。中国由原子武器制造热核武器所用的时间，比任何其他国家短，现在已经追上了法国。

这次爆炸肯定地使毛主席走在法国前头了，尽管法国戴高乐总统热心，却预计要到70年代初期才能试验其第一颗氢弹。

80年代，一位来访的法国科学家告诉他的中国同行说，中国第一颗氢弹爆炸后，戴高乐总统将他们集合起来，发了一顿无名火。

对于西方来说，中国如此神速地爆炸了氢弹，这似乎是一个不解之谜。

就连中国人民的老朋友美国作家埃德加·斯诺对中国氢弹爆炸成功的速度也感到十分惊奇。1970年10月19日晚8时35分，周恩来在人民大会堂福建厅第二次会见美国作家埃德加·斯诺和夫人。斯诺问，为什么相对工业不那么发达的中国试验氢弹方面取得成就的速度要比法国和美国快一倍？

核物理学家黄祖洽，氢弹理论攻关主要参加者之一。

周总理说："不光氢弹，整个核武器我们还在试验阶段。试验速度比较快的其中一个原因还得感谢赫鲁晓夫，是他撕毁了在原子能方面同我们签订的合作协定，是他在1959年撤回了在中国的全部苏联专家，迫使我们自力更生解决问题。所以，在1964年，比我们原来预计的提前爆炸了第一颗原子弹。但那么凑巧，正好成了把赫鲁晓夫送下台的一个礼物。赫鲁晓夫15日下台，第二天我们第一颗原子弹试验成功。这完全是巧合，完全没有预计，我们怎么可能晓得苏联国内的政局到那么准确的程度？第一次试验也不能就一定那么准确，即使知道他要下台，马上爆炸，除非我们手里掌握了大量的原子弹，像放焰火似的。"

钱三强的办公室里，来了一个30岁的年轻人。

他叫黄祖洽，是原子能研究所的第四研究室的一个组长。

钱三强用信任的目光看着这位1950年就已加入中国共产党的青年物理学家，平静的语气中透着几分严肃：

"小黄，今天叫你来，是要告诉你部党组的一个重要决定。为了早日掌握氢弹技术，我们要组织一个轻核理论小组，先行一步，对氢弹的作用原理，各种物理过程，可行的结构进行探索、研究。现在，我们只能靠自己啦！"

黄祖洽专注地听着钱三强的叮嘱，不由得挺起胸膛。

钱三强又特意叮嘱说："你原来那个组叫47组，这个轻核理论组就叫470组吧，要特别注意保密。"

这是1960年12月的一个早晨。

在钱三强的组织下，一群年轻的科学工作者，悄悄地开始了氢弹技术的理论探索。氢弹是利用原子弹爆炸的能量点燃氘、氚等轻核的自持聚变反应，瞬间释放巨大能量的核武器，又称聚变弹或热核弹。氢弹的

核物理学家于敏。

杀伤破坏因素与原子弹相同，但其威力可大得多。氢弹的威力则可大至几千万吨梯恩梯当量。

1942年，美国科学家在研制原子弹过程中，推断原子弹爆炸提供的能量有可能激发大规模的核聚变反应，并想以此来制造一种威力比原子弹更大的超级核弹。10年后，1952年11月1日，美国进行了世界上首次氢弹试验，试验代号为"迈克"。试验装置以液态氘作热核装料，爆炸威力在1000万吨梯恩梯当量左右。但该装置连同液氘冷却系统重约65吨，不能作为武器使用。

苏联于1953年8月12日宣布进行了氢弹试验。试验装置中第一次使用了氘化锂作热核装料，因而重量体积相对较小，有可能用飞机或导弹来投放。

美、苏为了显示核威慑力量，在50年代和60年代初期，曾研制过一些威力高达几千万梯恩梯当量的热核武器。1961年，苏联试验了一个5900万吨梯恩梯当量的热核装置。这是威力最大的一次爆炸。20世纪60年代中期，大型氢弹的比威力已达到了很高的水平。美国1962年开始部署的"大力神"洲际弹道导弹，弹头重约3700千克，威力为900万吨梯恩梯当量，比威力达2400吨梯恩梯当量千克。苏联在1965年部署的SS09洲际弹道导弹，弹头重约6100千克，威力近2000万吨梯恩梯当量，比威力约3300吨梯恩梯当量千克。

两个超级大国一直把氢弹技术作为核威胁的主要手段而严加保密。直到1979年，美国人莫兰德发表了《氢弹的秘密》一文后，人们对氢弹的奥妙才略知一二。而这篇文章在当时还被美国政府作为一起泄密事件。

如果说，我国原子弹的理论设计还有苏联专家讲的一点理性知识起了一些引路作用的话，而氢弹技术则完全是一片空白。

1961年初，于敏加入氢弹探索的行列。这对于于敏来说，是又一次改行。

1951年，于敏从北京大学分配到原子能研究所。他接受的第一个任务就是改变自己追求几年的"量子理论"的研究，从头学起，去搞原子核理论。十年寒窗，于敏发表专著、论文20多篇。钱三强说他"填补了我国原子核理论的空白"。世界著名物理学家诺贝尔奖金获得者玻尔50年代来访问时在短暂的接触中发现，于敏是位"出类拔萃"的人；日本的科学家则称于敏是"中国的国产专家一号"。

从一个基础性很强的科研领域，突然转到氢弹原理这个应用性很强的领域，于敏很快就显示了新的才华。

一次，国外刊物报道了一种新的截面，这个截面的数据非常理想，大家都很感兴趣。但要重复这个实验，不仅需要几百万人民币，还要花两三年的时间。

于敏苦苦思索了两天，做了详细的分析，得出了结论。他对同事们说："无论如何也达不到这么个截面，而且任何其他反应截面都达不到这个数。我们根本没必要用那么多人力、物力和时间去重复这个实验。"

过了一段时间，外刊又报道，有实验证明那个报道是假的。

一切都要从头开始。这些年轻的探索者出发的阵地只是最基本的物理学原理，他们手中的主要兵器只是一张书桌、一把计算尺和一块黑板，他们最大的优势是有一颗颗火热的心和一个个不知疲倦的大脑。就凭着这些，他们顽强地拼搏着、探索着，一步又一步地向前推进。

探索者的队伍不断扩大，最多时曾达40多人。这期间，钱三强又委派黄祖洽兼任九所物理理论部的部分工作。钱三强说："这里的情况你可以带到那边去，但那边的情况不能带到这里来。"因此，人们称黄祖洽是个"半导体"。紧张的工作，连续的失眠使黄祖洽得了高血压和疲劳综合征。但直到今天这位年近古稀的教授对当年的生活仍充满了怀念之情。他说："如果你要问我那些工作是不是太苦了？是太辛苦了！但我觉得，如果我再去做的话，我还是情愿去做的。"

一篇又一篇论文交到钱三强的手里，一个又一个未知的山头被绞尽脑汁、呕心沥血的科学勇士攻克。4年中，黄祖洽、于敏和同志们提出研究成果报告69篇，对氢弹的许多基本现象和规律有了更深的认识。

历史已经证明，氢弹理论探索先行一步是钱三强、刘杰的一着妙棋，为尽快突破氢弹技术打下了基础，赢得了时间。

我们问刘杰部长为什么在原子弹尚未突破时就想到了要抓氢弹的理论探索，刘杰回答说："我在和专家的接触中，知道原子弹和氢弹是不同的，有很大的差别，也知道美国在比基尼爆炸的氢弹有那么大的个头。但当时对氢弹的基本原理还不清楚，就和钱三强同志谈这个问题，可不可以从理论上先做一些工作，考虑先做一些基本的探讨，在这个基础上再下决心。钱三强同志在这个问题上下了很大的功夫，做了大量的组织工作进行研究，起了很重要的作用。"

与此同时，1963年9月，核武器研究所组织一部分科技人员围绕设计含热核材料的原子弹，开始氢弹的理论探索。首次核试验成功以后，核武器研究所迅速将大部分理论研究人员组织到氢弹研究中去。

有人把原子弹比作引爆氢弹的火柴。火柴已经具备，中国的氢弹之路在哪里呢？仿佛是一片被如墨的夜色浸透了的荒原，没有路。最初的探索和猜谜毫无二致，攻关者坚定地探寻着、摸索着。

那是一个热火朝天的年代，花园路五号的那座灰楼，灯火通明。从老一辈科学家到年轻的大学毕业生，人人畅所欲言，献计献策。1963年，彭桓武教授专门作了一次报告，从理论上阐明了加强型的原子弹还不是氢弹。

周光召做了一次关于氢弹的报告，他抱来了一大堆书刊，有的印载了美、苏核导弹的外形照片，他分析这些导弹的外形类别，认为原子弹与氢弹在结构上有很大差别，也可能在原理上相应会有质的不同。

1965年1月，为了加强氢弹理论的攻关力量，二机部决定将原子能研究所的黄祖洽、于敏等31人调到核武器研究所。这样，氢弹的理论研究队伍汇聚一起，形成了强有力的科研攻关拳头。

为了尽快突破氢弹技术，1964年1月，中央专委根据氢弹预研工作的进展情况，要求原子弹炸响后，在"三五"计划期间解决氢弹的有无问题。

第一颗原子弹爆炸成功后，刘杰向周恩来、彭真、李富春汇报。刘杰说："三年到五年能爆炸氢弹。"

周恩来说："三年才能爆炸氢弹，太慢了，要快！"

1965年1月，毛泽东在听取国家计委关于远景规划设想的汇报时指出："原子弹要有，氢弹也要快。"刘少奇也提出要像炸响原子弹那样早日炸响氢弹。

根据上述要求，周恩来立即指示二机部尽快研究，提出加快氢弹研制的计划，要求把氢弹的理论研究放在首要位置上，并注意处理好理论和技术、研制和试验的关系。

1965年2月，中央专委批准了二机部报的计划，确定力争1968年进行氢弹装置爆炸试验。8月，又批准了二机部《关于突破氢弹技术的工作安排》，决定在继续进行理论探索研究的同时，进行若干核试验，争取在1966年6月进行一次含有热核材料的原子弹试验，按理论与实践相结合的路子，逐步突破氢弹技术。

同年5月，聂荣臻召集国防科委、二机部等单位研究氢弹试验的准备工作，再次强调不要受美、英、苏三国签订部分禁止核试验条约的束缚，继续走自己的路。他要求国防科委及早做好氢弹试验的准备工作。

直到今天，核武器研究院的老同志还都记得那辆红色的吉姆车。那时，一看到那辆红吉姆，大家就说："刘部长来了。"

刘部长是刘西尧，当时是二机部副部长，在氢弹攻关的关键时刻，不知他和科技人员一起度过了多少不眠之夜。

我们向刘西尧部长谈起"红吉姆"的故事，刘部长说："那时，我是经常往九所跑……要研制氢弹，首先遇到两个问题，一是从哪里入手，二是要搞出一个什么水平的氢弹。"

"从哪里入手？就是要先突破氢弹的原理。为此，我们提出了要抓'龙头三次方'。这是个比喻，即搞核武器的龙头在二机部，二机部的龙头又在核武器研究所，研究所的龙头又在理论设计部，即邓稼先他们所在的单位。首先要靠他们探索和突破氢弹原理。要搞出一个什么水平的氢弹？那时有两种考虑。一种是，只要是热核聚变就行。据了解美国第一次氢弹试验的就是一个很大的装置。另一种是，一步就研制出能装上导弹头的氢弹。也有同志主张，'从低级入手，向高级争取'。周恩来总理1964年7月关于原子弹小型化的指示，为九院理论部的专家们指明了研制氢弹的方向。经过多次研究，他们决心一步就研制出装上导弹头、梯恩梯当量不小于100万吨的氢弹，简称：'1100'。"

1965年2月，在朱光亚、彭桓武主持下，邓稼先、周光召组织科技人员总结前一段的研究工作，制定了关于突破氢弹原理工作的大纲：第一步继续进行探索研究，突破氢弹原理；第二步完成质量、威力与核武器使用要求相应的热核弹头的理论设计。

准确完整的核数据，是核装置设计的重要依据。核武器研究所的科技人员在文献研究中发现记载数据很不一致。1965年2月，原子能研究所何泽慧率领30余名科技人员，在丁大钊等曾进行过的关于轻核反应的科研工作基础上，经过半年左右的实验研究，对热核材料的核反应截面进行了测量，获得了可靠的实验数据。

1965年9月，于敏带领一支小分队赶到上海计算所，抓紧计算了一批模型。经过分析研究获得热核材料燃烧规律的重要成果，但这种规模重量大、比威力低、聚变比低，不符合当量的要求。接着，于敏在总结经验的基础上，做了一系列详细的分析报告，科技人员又计算了一批模型，发现了热核材料自持燃烧的关键，解决了氢弹原理方案这一重要课题。他们奋战了100天。

于敏说："我们到底牵住了牛鼻子！"

喜讯传到理论部，邓稼先第二天飞到上海。他一下飞机就直奔机房，兴奋得像个大孩子。20多年后，当人们问于敏是怎样攻克氢弹原理的，于敏回答："研究氢弹原理是一批科学工作者，参加设计、实验的人就更多了。要说攻关，是集体攻关，我只是其中一个卒子。"

1965年12月，在核武器研究所副所长吴际霖主持和二机部副部长刘西尧、李觉，国防科委二局局长胡若嘏等参加下，核武器研究所的专家在西北核武器基地多次进行研究后，确认于敏等提出的利用原子弹引爆氢弹的理论方案从基本规律上推断是合理的、可行的。据此分析，在1967年底或1968年上半年有可能研制出体积比较小、重量比较轻、聚变比较高的100万吨级的氢弹。因此，确定突破氢弹要以新方案为主。原定方案的研究和试验也不放松。

于敏后来感慨地告诉我们："刘西尧这个决断非常重要，进可攻，退可守，退可守是为了进可攻。这是稳妥的，积极的，再拖，'文化大革命'要起来了，就要误事了……"

胡若嘏从青海回到北京后，立即到聂荣臻元帅家汇报了会议情况，聂帅听了很高兴，说："好啊，我同意。你再去向张爱萍同志报告一下。"胡若嘏连夜踏上了南下的火车——张爱萍这时正在扬州郊区搞"四清"……

按新方案研制氢弹，必须解决用原子弹爆炸点火装置的技术难关。经过上百次爆轰模拟试验，以及多次深入的学术讨论，陈常宜、陶祖聪等采取了巧妙的方法，解决了这个技术难题，为确定引爆弹的理论设计方案提供了实验数据。

在进行氢弹主体的理论设计中，物理和力学工作者研究装置爆炸过程中各阶段的物理图像和发展规律，论证了引爆爆炸对氢弹主体的作用和影响，掌握了部件的配置和能量释放的关系，从而制定了氢弹主体的理论设计方案。

加速氢弹研制的一个重要条件是热核材料的生产和热核部件的加工。二机部当即将原子能研究所从事轻同位素分离的科技人员调到包头核燃料元件厂，共同攻克技术难关。在原子能研究所、北京大学、清华大学的协同下，科技人员围绕热核材料生产中的95个课题展开全面的攻关，克服了重重困难，于1963年初将工艺设备基本安装完毕。

化工部组织大连油脂化工厂和上海化工研究院，加快用电解交换法制取重水的中间试验，并分别于1963年10月和1964年5月生产出合格的

邓小平视察核工业工厂。

重水，为重水工厂的建设创造了条件。接着，在北京化工设计院、一机部和建工部有关单位的大力协同下，吉林化学工业公司迅速建成了一座小型重水生产车间，生产出第一批合格重水，在此期间，氘化锂—6生产线投料试车一次成功，并生产出第一批合格的锂—6产品。接着，又先后取得了氯化锂和金属锂制取、重水电解制氘的成功，于1965年9月11日合成了第一炉氘化锂—6产品。

西北核武器研制基地负责把氘化锂—6按设计的几何形状和尺寸加工成热核材料的部件，作为氢弹的装料。1965年初，宋家树等研制人员展开了热核材料部件的研制工作。

经过研制人员进一步地努力，制成了第一套合格的氘化锂—6部件，解决了加强型原子弹和氢弹试验的装料问题，为研制成功氢弹创造了重要条件。

1966年3月30日，中共中央总书记邓小平和国务院副总理薄一波、西北局第一书记刘澜涛等从西宁专程来青海湖畔核武器研制基地视察。

一下火车，邓小平马上就来到总体部参观原子弹样品。在几间专门布置的展室内，他仔细地观看着一个个核弹头，当看到核航弹时，邓小平说：“这个我看到过。”

李觉在汇报中说：“我们花了不少钱，就达到现在这么个水平，还有不少的浪费。”

薄一波鼓励说：“花点学费还是必要的，没经验嘛。你们不容易啊！”

当时在现场进行技术讲解的龙文光回忆说：“我们在休息室里专门准备了纸、笔。小平同志进来一看就说：‘看来我这个任务非完成不行了。’说着，拿起笔来就写了这几行字：

理论物理学家周光召。

周光召曾说："核武器事业是千百万人的事业，我只是十万分之一。"

高举毛泽东思想的伟大红旗，遵照毛主席指引的方向，奋勇前进——别人已经做到的事，我们要做到；别人没有做到的事，我们也一定要做到。

邓小平

1966年3月30日

正当科技人员在氢弹攻关中忘我拼搏的时候，谁也没想到，一场历史大劫难的序幕正在他们身边拉开，上海报纸刚刚开始了对《海瑞罢官》的批判。

1966年，核武器研究院理论部薄薄的围墙挡不住那场"史无前例"的台风。红旗、红袖章、红标语、大字报，甚至某些重要机密也被糊上了墙头。

一夜之间，理论部大楼灰砖墙上和走廊内，糊上了密密麻麻的大字报，周光召成了"推行刘少奇资产阶级路线的代表"、"资产阶级反动技术权威"，他的名字横倒竖歪地出现在上面。周光召小心翼翼地推开办公室的门，生怕把大字报撕掉一个角，招惹更大的麻烦。

红卫兵冲进了他家，翻箱倒柜，到处搜寻。本来，在这狭小的天地里，书籍资料堆放得满满的，要直起腰侧着身走路才行。这一抄家弄得满地狼藉，竟无插足之地了。周光召深夜回家，发现自己的论文手稿遍地散落，他急忙到书籍杂物堆中去找，可是，翻来找去，只剩下二十来张的"零头"了。他拿起被踩破的手稿，用手轻轻拂平。他望着那模模糊糊的字迹，心如刀绞，就像人用粗暴的手抓住他的心在恶意地揉捏。

周光召一面受批判，一面抓设计。一天下午会议结束后，于敏心情沉重地说："老周，我们的研制恐怕要受影响了。现在不抢时间，将来会后悔的。"

周光召面部毫无表情，说："是啊，本来可以实现的事，不努力去干，就会犯下一个错误，子孙后代会抱怨我们的。无论如何，我们的计划要加速进行。"

厄运也降落在邓稼先头上，在北京医学院工作的妻子许鹿希受到批斗。家门被砸上了一块块煤泥，煤泥散发着尿臭。邓稼先默默推门回家，又默默地开门上班。不久，他敬重的三姐突然死于"意外"。三姐夫被打成"特务"，造反派勒令三姐连夜写材料，她将自己关在厨房里。次日清晨，人们发现她倒在煤气灶边，他美丽而善良的三姐就这样走了。上中学时，三姐常常给他送菜；临出国时，又是三姐为他准备行装和盘缠；姐姐和姐夫还曾送他一件捷克斯洛伐克尼龙衬衫。这件衬衫他再也没有穿过。

钱三强受到批判，王淦昌受到冲击。狂热和动乱在最神圣最革命的口号下扫荡着一切，连张爱萍将军也被关押5年之久，刘杰部长也被拉上了批斗台……

对于科技人员来说，所有属于个人的厄运都无关紧要了，他们一边忍受着最狂热的政治讨伐，一边坚持着最严谨的科学实验。用苦涩的心血喂养着科学的产儿；用羸弱的脊梁，支撑着祖国腾飞的翅膀。

在这危急时刻，聂荣臻元帅紧急下令，派兵把守研究所宿舍大院，任何外人不得进入。周恩来总理指示，一些从事机密工作的专家，名字不许上大字报。

1966年9月，周恩来得悉二机部有的专家被抄家，家属受牵连，引起科技人员的严重不安，影响科研工作。他立即要求中央军委严肃处理。陈毅、徐向前、聂荣臻、叶剑英等指示国防科委、二机部认真做好善后工作，该道歉的道歉，该赔偿的赔偿，并将处理结果报告中央军委。接着，聂荣臻和国防工办、国防科委领导人，以开座谈会、交心等多种方式，同一些专家、技术骨干谈心，做思想工作，勉励他们顾全大局，以事业为重，继续积极为国防现代化做贡献。

周恩来利用一切机会强调国防科研、生产，只许促进，不得影响。同时经毛泽东批准，以中共中央、国务院的名义于1966年下半年多次发出通知，要求维护正常的科研、生产秩序。聂荣臻在同年8月召开的中央军委常委会上提出，试验基地不要搞"四大"（大鸣、大放、大字报、大辩论），只搞正面教育。中央军委随即发出了国防科委所属试验基地进行正面教育的通知，从而使试验基地的形势基本保持稳定。

10月底，"两弹"结合试验成功后，聂荣臻最关注的就是氢弹了。11月中旬，他们一行从新疆回北京，在西郊机场乘车进城，沿途见到铺天盖地的大字报，高音喇叭叫得人心烦，比他们离开北京时，显得更混乱。

途中，聂荣臻的车子被红卫兵拦下了。刘长明主任有些紧张，生怕有什么意外。还好，拦车的红卫兵并没有认出聂荣臻，只是让车里的每个人背一段毛主席语录，否则就不放行。聂荣臻说，这怎么办。刘长明说，我替您背吧。刘长明征得红卫兵同意后，替聂荣臻背了一段《为人民服务》，他们这才得以脱身。

为保证试验成功，聂荣臻致电核试验基地领导："这次试验，具有关键性作用。"全体同志"要切实遵循毛主席不打无准备之仗、对工作极端负责任的教导，发扬艰苦奋斗，不怕困难，连续作战的英勇精神，千方百计，保证万无一失，百分之百地成功。希望你们努力争取今年打响第三炮"。

1966年底，动乱的局势影响到氢弹研制协作任务的进展。这一天，周恩来开会到天亮，又到八宝山参加了一个追悼会，然后又直接赶到京西宾馆二层的一间会议室参加专委会。

周恩来一到，国防科委副主任罗舜初说："总理来了，开会吧。"

周恩来说："你让我喘喘气嘛！"这时他还没吃早饭呢。服务员端来一杯牛奶，周恩来和大家聊了一会儿天，说："好，休息好了。"后来在1970年同斯诺的谈话中，周恩来说："'文化大革命'把我的身体搞垮了。"

在专委会议上，根据叶剑英的建议，决定以中央军委的名义发布"特别公函"，明确指出研制氢弹是中共中央毛泽东主席批准的重要任务，要群策群力，按时完成。"特别公函"促使有关单位很快赶制出急需的仪器设备，保证氢弹研制、试验任务的圆满完成。

在一次讨论氢弹试验的专委会议上，工作人员在周恩来面前铺开了一张图纸，上面一个角印着毛主席的像，一个角印着"最高指示"。周恩来一看便皱起眉头，严肃地说："这样把毛主席的像放在地上，我的心里很不安。怎么你们也搞这一套啊？图纸就是图纸嘛，把主席像印在这上面，不严肃嘛！如果谁不小心撕破了，滴上墨水，不就又说不清了，又是一个政治事件了！"

周恩来问国防科委一局局长："胡若嘏，这是你搞的啊？"胡若嘏说："这是核武器研究院搞的，我拿回来的，我也没考虑到这个问题。"

周恩来眼睛扫了下会议室，又说："现在茶杯上、脸盆上也印这些东西，商店门窗上挂满了这些东西，让人都看不出来是什么商店了，这是对毛主席不尊重嘛！我对毛主席是尊重的，我就戴这一个'为人民服务'……"

整个试验装置的理论设计方案提交给设计和制造部门的时候，已是1966年10月中旬了。设计和试制人员要按计划要求完成试验装置的工程设计和加工制造任务，周期十分短促。而且，这个试验装置结构复杂，有些部件形状奇特，设计制造的技术难度很大。为了确保质量和进度，理论、设计和工艺加工人员团结协作，及时交流情况，核装置结构设计与制造紧密配合，边设计边制造，平行交叉作业，争取了时间，于1966年12月全部完成了试验装置的设计加工任务。

可是，12月10日核武器研制基地的科技人员对氢弹试验装置进行检查时，在一个主要部件上发现了质量问题。

周恩来得知后，马上对刘杰说："你立即坐飞机去看看怎么回事。"

刘杰说："我是一个部长，坐专机不太合适吧。"

周恩来说："部长怎么不能坐专机，这是为了工作！"

第二天，刘杰乘专机来到青海湖畔。

经现场查看，发现是用放大镜才能看清楚的一条擦痕。刘杰与科技人员研究后确认这个部件可装配使用，不会对爆炸试验产生影响。这样，氢弹试验装置如期运往罗布泊核试验场。


1966年是罗布泊核试验场最繁忙的一年：

5月9日，飞机空投爆炸了含有热核材料的原子弹；

10月27日，进行导弹核武器试验；

12月又要进行氢弹原理试验。

1966年4月中旬，国防科委在核试验基地组织有关单位研制了氢弹原理试验的方案。

6月中旬，各参试单位和试验现场的各项准备相继全面展开。

这次试验工程最大，共有大小工程113项，需要铺设电缆1400余公里。试验基地仅用5个月时间就完成了全部工程，其中，铁塔工程基础于6月18日开挖，10月底塔架安装完毕，净作业日不到100天，比第一次架塔周期缩短了80余天。

经理论设计和测试方面的专家和技术员共同讨论，拟定了测试项目。这些项目，在核武器试验研究所统一组织下，与核武器研究所、原子能研究所、科学院物理研究所、上海光机研究所、西安光机研究所、长春光机研究所及浙江大学等单位分工合作，共同完成。这次试验使用的1014台（套）各种测量仪器设备，仅用了一个月时间就完成了现场安装调试工作。与过去几次试验相比，威力大、爆炸点低、地面放射性污染比较严重是这次试验的突出特点。

为了尽量减轻放射性沉降对核试验场区及下风附近地区的影响，国防科委组织卫生部、军事医学科学院等有关部门的专家就核试验场区及下风附近地区居民的安全问题做了反复研究，一致认为对居民的健康不会造成影响。经程开甲等反复论证，确定要严格选定试验时的气象条件，同时还对塔基半径230米内的地面用水泥和石块作加固处理，以减少地面松土震入烟云。经用常规炸药爆炸模拟试验验证，上述措施相当于把铁塔加高约60米，可以保证这次试验的安全。

12月11日，周恩来主持中央专委会议，原则同意国防科委、二机部关于氢弹原理试验各项准备工作的安排，同意在12月底或1月初进行这次试验。会议再次强调，对于这次试验引起的放射性污染问题要严格控制，要选择适当的气象条件，掌握好高空气象，尽量避免或减少对试验场区下风附近地区的污染。中央专委还决定由张震寰担任这次试验的总指挥。

会上，聂荣臻再度请缨出征，要求到东风基地和马兰基地，主持这两次试验。周恩来望着他，默默地点点头。

那段时间，聂荣臻同周恩来一样，一边应付中央文革小组的纠缠，一边为这两次重要的试验做部署。

各项准备工作基本就绪后，12月18日和20日，分别进行了全场联试和综合预演，全面检查了各项准备工作，并针对预演中暴露出的问题，制定了改进措施。正式试验用的氢弹装置于21日15时20分空运到试验场区，25日完成了弹体总装配。

为确保氢弹原理试验成功，王淦昌和实验部副主任胡仁宇指导测试人员认真制定了测试方案，对探测仪器、传输系统和记录仪器反复测试、考核和标定，做好了各项准备工作。

1966年12月25日，又是在西郊机场，聂荣臻乘坐的飞机起飞了。在机翼下的这座城市里，北航的红卫兵们正在疯狂地向他开"炮"，他们贴出的大字报——"火烧聂荣臻"、"万炮齐轰聂荣臻"，随处都可见到。有人说，他到基地去，是想给自己脸上贴金。还有人说，他是害怕人民群众，借机躲出去。一向沉稳、厚道的聂荣臻不屑于为自己辩解，他时刻牵挂的是怎样让导弹继续腾飞、核弹接连爆响。

正如聂荣臻所料，在东风基地，中程地地导弹首次试射，顺利获得成功。27日，他飞抵马兰核试验基地。这是他短短一个月内第二次来马兰。聂荣臻下飞机后，顾不上喘口气，他就听取试验总指挥张震寰、基地司令员张蕴钰关于氢弹原理试验准备工作的情况汇报，确定试验零时定为28日中午12点。晚上，聂荣臻打电话向周恩来报告，得到批准。

第二天一早，聂荣臻驱车300多公里来到核试验现场。

聂荣臻元帅和王淦昌、朱光亚1966年12月28日在氢弹原理试验现场。

托举氢弹装置的铁塔在流云飞雪中挺立着。

阴云中渐渐透出一片蓝天。

27日21时，陈能宽与李觉等来到托举氢弹装置的铁塔下。安装启爆雷管的重要工序即将进行，陈能宽随同操作人员李植举、邵乃林、钱云富、李祖卿等登上了百米铁塔，安插启爆氢弹的雷管。陈能宽从衣袋中拿出装有钥匙的信封对大家摇了摇："你们放心吧，启爆开关的钥匙在我这里。"

28日12时，铁塔上空终于出现了一片蓝天，氢弹装置按时起爆。随着强烈的闪光，蘑菇云翻滚着直冲九霄，雷鸣般的轰响声震撼着戈壁。

当时正在指挥部等待试验结果的于敏后来告诉我们："看到蘑菇云了，知道爆炸当量是不错的，但心仍然是悬着。我跟着唐孝威、吕敏他们，用挑剔的眼光看他们速报测试结果，不能随便下结论，就是要挑刺，可就是挑不出刺来，各种干扰的因素都想到了，排除了，这时我才完全信服了，一定是成功的！我们的氢弹试验成功了！

"我到罗布泊不下十次，每次做这种试验，心都提到嗓子眼上，成功不成功？你想得再怎么周到，总还是没经过实践，何况这是国家试验，牵涉那么多人，花那么多钱，政治上影响那么大，心总是提在嗓子眼上。我记得有一次试验，当量当时知道了，在第二天才能知道物理试验的具体结果，会不会没有结果呢？那一夜睡不着，翻腾得厉害。真担心啊！心慌、心跳、紧张、不安，非常之难受！我躺在床上不敢动，也不好意思叫人，强忍着，现在想起来真后怕，那时我是40多岁，如果晚几年，心脏就会受不了，就会死在那儿了。第二天，还好，大部分成果还是拿到了，心脏也好了……"

采访中，我们问于敏，这种心情该怎么形容，他说："这种心情只有经历过的人才能知道，从心提到嗓子眼上到成功，心情是无法概括的，简直不知道怎么形容，不只是欣慰，也不只是喜悦，久旱逢甘露、他乡遇故知等等都不足以形容，是种说不出来的心情。前面提心吊胆得很厉害，知道成功了，好像五脏六腑、三万六千个毛孔全都舒服极了……"

说到这里，于敏笑了，但我们却分明看到他的眼睛中闪着泪光。当听着采访录音整理这些文字时，我们总感到他的笑声中含着哭的味道。于是我们的眼泪也不知不觉涌出来。

这也是一种说不清楚的心情，我们不知道为什么流泪，这时我们心里闪过的不光是于敏，还有邓稼先。有一次，他到周恩来总理处汇报试验情况，竟然紧张得满头大汗、脸色苍白，手颤抖着，结结巴巴地说不出话来。总理开玩笑地说："稼先同志，我们都是上了年纪的人，听你这样汇报，我们也要吓出心脏病了。"

大家都笑了。邓稼先也轻松了。

还有朱光亚，我们亲眼看到他在一次试验前在马兰招待所四楼的房间里踱步，双眉紧锁，嘴里念叨着"要想个办法，怎么想个办法呢？"司机师傅和警卫员说，每次去中南海或去罗布泊，朱主任一上车要是不说话就是没问题了；要是你听他嘘—嘘—，一声一声地直叹气，那就是心里有事情了，但他不说，就在心里闷着，我们也不好问……

几十年都"把心提到嗓子眼上"是一种什么滋味？手里是价值千百倍于黄金的珍物，面前是生命和荣辱都系于那一响的千军万马，背后是政治家信任的目光，常常好像是整个国家的分量都压到了他们的背上。中国的知识分子啊！你们的心脏究竟有多大的承受力呢？

在和于敏的交谈中，我们谈到了屈原、诸葛亮、鲁迅，谈到了钱三强和李四光，还谈到了于敏永远也不会忘记的民族屈辱——他在天津上中学时，每经过日本军营，都要被迫鞠躬……于敏感慨地说："中华民族有五千万人口，五胡十六国剩下了一千来万人口，但这个民族始终是绵延不绝，几千年的民族精神总是有很深厚的基础埋在每个人的心里，到这个时代集中爆发出来了。"

九死不悔的忠贞，舍生忘我的献身，这就是涌动在中国一代又一代优秀知识分子身上的血脉，这是一种比核爆炸更强大的力量，这是一种比原子弹的影响更为久远的东西。总有一天，核爆的火光会从地球上永远消失，但中国共产党人、中国一代精英在这个伟大创造中爆发出的精神火焰将会在历史长河中永远照耀。

爆炸后取得了大量的测量数据，特别是取得了热核反应过程、氘化锂−6反应速率及聚变威力等重要数据。根据对多种测量数据的综合分析，这次爆炸的威力为12.2万吨梯恩梯当量，氢弹原理试验取得了圆满成功。

氢弹原理试验成功，表明我国氢弹研制中的关键科学技术问题已获得解决。当晚，周总理把刘杰、刘西尧等召到西花厅，听取汇报，庆贺试验成功。他还特为他们准备了晚餐，并且备了酒。

后来，刘西尧回忆说："这时二机部的造反派却到了中南海的西北门外，扬言要打倒我们，并把矛头指向周总理。周总理闻知后，风趣地说，他们反对我，我引为光荣。随后，周总理念主席《水调歌头·游泳》中的两句词：'不管风吹浪打，胜似闲庭信步。'接着，他又举起酒杯，风趣地说：'今夜得宽余，喝酒吧！'"

1966年12月30日、31日，马兰招待所。

聂荣臻元帅连续两天在这里主持座谈会，讨论氢弹试验问题。

聂荣臻说:"座谈一下,这次人来得很齐全,有二机部、七机部、九院,基地研究所。请你们谈一谈对这次试验的看法和明年怎样搞法。大家谈的时候不要过于慎重,随便些。"

张震寰、李觉、张蕴钰、钱学森、胡若嘏、刘长名、邓易非、王淦昌、彭桓武、朱光亚、程开甲、郭英会、陈能宽、方正知、于敏、周光召等各方面负责人和核科学家先后发言,他们一致认为,这次任务是成功的,从速测数据看,试验和理论计算与设计基本相符,达到了预期目的。可以初步肯定,这一设计原理结构是成功的,这条路通了,走对了。

会议决定了1967年试验任务。与会人员一致认为,就利用这次试验的设计原理结构和已有的航弹壳,可在明年爆响一颗百万吨的航弹空投试验。据此,决定在1967年10月1日前,即在9月份搞个大当量的氢弹试验,设计200万吨,爆响100万吨或200万吨,以肯定这条路子的方向。各方面的准备工作均按此进行安排。

1967年2月初,二机部核武器研究所几位科技人员向胡若嘏、朱光亚反映,全威力氢弹理论设计方案2月份可以确定,试验时间应该提前,要响在法国前面,建议改在7月1日前炸响。

国防科委在与二机部、核试验基地、空军等单位仔细研究后,于2月20日向周恩来、聂荣臻汇报了首次氢弹空爆试验准备工作情况,建议批准在7月1日前进行这次试验。周恩来、聂荣臻同意这一安排。

为调整修改核武器研制两年规划,按照既定的安排,九院从2月22日开始在221厂召开有院领导和科技专家参加的1967年科研生产计划会议。

就在这样的时刻,2月23日,西宁市发生了死亡100多人的大规模武斗。设在西宁市的221厂技工学校，也有一部分学生卷入了这次武斗事件，导致了221厂内的两派群众组织之间的对立加剧，厂内秩序混乱。朱光亚回忆说："这时，我们的会议才进入第二天。这一情况向北京国防科委报告后，聂帅非常重视，他意识到如不采取果断措施，221厂的科研生产及氢弹试验准备工作必然要受到影响，蒙受巨大损失，科学技术人员也要遭殃。当天，聂帅向周总理作了汇报并提出对221厂实行军事管制的建议，周总理同意聂帅的建议。第二天，聂帅指示221厂将与会专家尽快转移到安全地区，并由国防科委转请空军司令部派出一架专机去西宁，把参加会议的科技专家等接到北京。"

3月2日，聂荣臻接见刘杰、李觉、朱光亚、陈能宽同志并听取了汇报。聂荣臻指出：科学家对技术总是要敢于坚持真理，不要怕，不能被"造反派"所左右，否则要犯错误。召开计划会议，把近期、远期的任务安排一下，这很好。问题是会议如何开法。核试验和有关的会议，不能让"造反派"把持，也不能让他们知道得太多，该保密的一定要保。计划会议可以吸收一些专家、技术人员、工人参加，这就是走群众路线。计划会议安排在京西宾馆，以国防科委、国防工办的名义召开，设一个领导小组，由罗舜初（国防科委副主任）、郑汉涛（国防工办副主任）和李觉同志组成。

3月4日下午，周总理和聂荣臻接见了221厂两派群众组织的代表。

总理先请聂荣臻讲话。聂荣臻说：

"221厂是我们国家极为重要的工厂，担负着国家十分重要的研究设计和试验任务。最近的事态发展，使正常的科研、生产秩序受到影响，工厂的安全受到威胁。国务院、中央军委对此十分关切。经周总理批准，我宣布，国务院、中央军委决定对221厂实行军事管制（3月5日聂荣臻签发了这份《决定》）。221厂不得夺权，不准串联，'文化大革命'运动只准在8小时工作以外时间进行，违者将受纪律处分。"聂荣臻还宣布，由贾乾瑞（解放军8122部队司令员）任221厂军事管制小组组长。

接着，周总理讲话，语重心长地对两派群众组织的代表进行说服教育工作。他指出，革命群众间对某些问题有不同意见和争论，这是不可避免的，是正常的。这是人民内部矛盾，一定要采取团结、批评、团结的方式，做好团结工作，实现大联合。他希望厂内广大群众、干部，在军管小组的领导下，坚决贯彻抓革命、促生产的方针，搞好本厂当前十分重要的研究设计与试验任务以及其他各项工作。

221厂实行军管后，两派群众的对立情绪有所缓和，在军管小组领导下，逐步恢复了正常的生产秩序，大多数职工积极投入氢弹的研制试验工作。

4月初，聂荣臻再次接见了氢弹研制、试验的有关全体同志，他听取汇报后再次指出：氢弹原理试验的成功，表明我国在突破氢弹技术关键上找到了一个新的方向。这是一件大事。二机部和核武器研究单位全体同志在这方面做出了重要贡献。希望大家要很好总结经验，正确对待核武器研制工作所面临的新形势，为增强我国的国防实力作出更大贡献。他还特别强调：理论与试验要紧密结合，互相促进。核科学技术要赶超世界先进水平，没有雄厚的理论基础是不行的。要发展理论，又必须十分重视试验，积累数据，重视和分析研究这些数据。没有试验，就不可能发展理论。

聂荣臻还说：搞核武器研究要强调保密，但也要走群众路线，发扬技术民主。两者并不矛盾。核武器虽然是绝密的，但把它包含的众多科学技术分解开来看，大量的还是一般技术。

聂荣臻的这些讲话，使大家深受教育和鼓舞。

为保证试验准备工作的进行，聂荣臻在1—3月份先后批准以中央军委名义发出4份特别公函，分别要求三机部、五机部、七机部及他们所属承担这次试验协作任务的有关工厂，必须保证所承担的协作任务顺利进行，要保质保量按期完成，任何人不得阻挠。这一措施确实起到了稳定和促进作用。这些工厂都按计划相继完成了所承担的协作任务。

核试验基地和西北核武器研制基地分别制订了具体实施计划，试验的各项准备工作从3月开始全面展开。

这次试验采用轰—6甲型飞机为运载工具，空投带降落伞的航弹，预定在距地面3000米高度上空爆炸（俗称为机、伞、弹试验方式）。按照理论设计，氢弹的爆炸威力在150万吨到300万吨梯恩梯当量之间。航弹壳体由西北核武器研制基地设计，弹体部件由七机部地地导弹总装厂等加工，降落伞由三机部五一三厂研制。两架轰—6甲型飞机弹舱挂弹架等的改装工作，在空军、三机部、二机部有关人员组成的改装小组的具体主持下，由三机部西安飞机厂负责。这些单位都按计划完成了弹、伞、机的研制、加工和改装任务。

轰—6甲型飞机改装后，于3月15日至4月3日，参加了在西北综合导弹试验基地进行的鉴定降落伞和验证航弹弹道轨迹的飞行试验。试验结果证明，弹道符合设计要求，弹上的控制系统工作正常；降落伞的结构、强度和开伞程序基本正常。对局部不合理之处做了修改和反复试验后，于4月上旬定型，正式投入生产。这次飞行试验还证明，改装后的飞机可以满足使用要求。核试验基地派人参加了这次试验，初步熟悉了机、伞、弹试验方式的工作程序，为基地组织正式试验打下了基础。

这次试验的威力大，爆炸点高，确保投弹飞机的安全和试验场区内外的安全是保证试验成功的重要环节。国防科委组织西北核武器研制基地、三机部、核武器试验研究所和空军司令部等单位成立了飞机安全计算小组，按照规定的飞行高度、速度、投弹条件和爆炸高度对飞行员和飞机的安全进行了详细的计算和论证，得出了在爆炸威力为400万吨级梯恩梯当量时飞机和人员都安全的结论。核试验基地根据国防科委要求，组织有关人员对试验场区内外的安全问题进行了详细的论证，并借鉴前几次核试验的经验，制定了严格的安全保障方案。

根据聂荣臻元帅主持召开的会议精神，基地于1967年1月2日召开了氢弹试验工作会议，研究制订试验的具体计划，决定在6月20日前做好试验的一切准备，待命试验。由于中央专委决定将试验提前到第二季度进行，基地的各项准备工作加快了步伐。

当时工程保障任务很繁重，尽管国防科委确定要"充分利用已有的永备工程，不再修建大的工程"，但场区除了原有的10个永备工程和几十项大型效应工程以外，还需建设工程327项。这些工程包括第一期测试工程、第二期装配厂改造和坑道式厂房建设。负责领导工程保障任务的是张志善副司令员。张蕴钰和张志善一起，跑遍了场区的各个角落，整日为试验工程的选点、定点而奔波。担任场区施工任务的工程保障部队，刚刚完成了氢弹原理性试验的各种任务，本该撤场休息，但新的任务又迫在眉睫，因此，部队没有撤场，又投入了新的战斗。当时正值深冬季节，戈壁滩上的气候十分寒冷。狂风卷着地面的沙石漫天飞舞，不时发出令人颤栗的号叫。然而，战士们个个精神饱满，干得热火朝天。大家都有一个共同的心愿，就是早日看见氢弹的蘑菇云升起。

在试验工程准备工作进行的同时，各种测试项目的准备工作也在加紧进行。这次试验一共安排了32个测试项目，测量仪器设备493台（套）。为了获得准确、可靠的测量数据，这次试验在沿用飞机穿云取样的同时，增加了两个新的项目。一是将首次使用固体火箭取样，这是七机部八院利用"和平二号"固体火箭成果，研制成的新的测量手段。二是将采用雷达跟踪，这是核试验基地研究所的科技人员在机关和友邻单位的支持帮助下，刻苦攻关取得的新成果。

由于氢弹爆炸威力大，控制和测试距离也随着增大，原有的控制系统已不能满足新的测量要求，需要研制新的测控系统。核试验基地研究所的忻贤杰带领控制研究室的科技人员发挥高度的积极性和创造性，自行设计研制了灵敏可靠、能远距离测控的第二代控制设备。这个新型控制设备，原计划6个月完成，结果仅用两个半月就完成了。这期间他们从未有过星期天，每天加班到深夜。现场安装调试一般需要20天，他们仅用9天就完成了任务。

全当量氢弹试验爆点高，杀伤破坏区域和放射性沉降范围大，这对各项保障工作提出了更高的要求。气象上要求确保烟云可能到达的我国西北、东北、华东的十多个省区在试验期间无降水，还要注意到烟云出境后不给邻国带来危害。基地气象部门在总参气象局气象室、兰州军区气象处等有关单位的大力协助下，对场外广大地区降水情况进行了调研，收集了大量的资料，综合分析了1961年至1966年的试验场区风向及烟云经过地带气象资料，于5月30日提出了6月份气象的长期预报以及可能出现的适合试验的日期。通信保障分队重新研制和改进了主要通信设备，对重要通信枢纽采取了防护措施，保证了试验中的通信联络畅通无阻。基地制定并下发了场区安全边界及特定点的防护规定，并制定了紧急转移方案和发生触地爆炸的处置办法。遵照上级指示，近区由基地派出工作人员到居民点组织安全防护工作，远区由兰州军区抽调防护分队、卫生医疗队到敦煌地区待命，以应付意外情况。总参、国防科委会同有关单位调动了备用的火车皮、汽车，在敦煌附近的重点地区作为转移居民的准备。

1967年3月1日，基地在试验场区开设了指挥所。军内外28个参试单位的6185名技术和保障人员，从4月下旬开始陆续进入现场开展准备工作。他们当中有总后、空军、海军、炮兵、工程兵、装甲兵、通信兵、防化兵、铁道兵、第二炮兵共10个效应大队。地方的参试单位有中央卫生部、建工部、铁道部、水电部、石油部、机械工业部、中国农业科学院、中国科学院生物所等。各效应单位遵照周总理关于"一次试验，全面收效"的指示，在试验场区建起了各种效应工程，布放了各种效应物。这次试验安排效应试验137项，效应物1877件。中央卫生部、总后勤部为了研究核武器对人员的伤害及其防护，在场区不同方位，不同距离上布放了猴子、兔子和狗等动物；铁道部为了验证正在修建的北京地下铁道对核武器的防护性能，在场区修建了两段模拟地铁工程，其他单位布置了各种武器及工程、通信等设施，其中包括飞机、舰船、装甲车、火炮、各种雷达、有线电、无线电通信设备，一些永备工事、人防工事、野战工事，一些民用产品例如服装、食品、药品、农作物及其种子，还有机车、工业厂房等也作为效应物参加试验。

5月9日，周恩来主持中央专委会议，着重检查了这次氢弹空爆试验的准备工作。会议要求对试验各个环节进行反复检查，反复落实，确保安全，保证试验成功；要切实做好烟云经过地区的卫生防护工作，对地面辐射累积剂量可能超过允许标准的地区，事先要做好防护准备工作，并准备好应急措施，以预防发生意外。要求国防科委在6月20日前做好试验准备的各项准备工作。中央专委还同意这次试验的现场指挥由核试验基地党委负责，并派张震寰、李觉参加试验的领导工作。

同时，空军的轰—6甲型飞机已转场到核试验基地马兰机场，进行了空投训练。

空军担负投弹任务的徐克江机组和张文德机组，训练极为刻苦认真。到6月10日止，两个机组在核试验场区共飞行35架次，投模拟弹35枚，弹着点大部分投在距靶心500米以内。经空军研究确定，徐克江机组为正式执行任务的机组，张文德机组为预备机组。

6月3日，轰—6甲型飞机在进行第三枚配重弹投弹训练时，因降落伞的主伞在空中破裂，致使弹体自由落地。这一事故的出现，引起了张震寰、张蕴钰等领导人的高度重视。他们与技术人员研究，对降落伞采取了局部加固和改进折叠方法等措施，提高了可靠性。

6月5日，正式试验用的氢弹在西北核武器研制基地最后加工完毕，6月8日运抵基地。经检查，各部件技术状况良好。6月上旬，在站级联试的基础上，进行了全场联试，全面检查了现场准备工作，重点检查了机、伞、弹的情况，氢弹空爆试验的全部准备工作基本就绪。

6月12日，周恩来召集李富春、叶剑英和聂荣臻一起听取了罗舜初关于氢弹试验的汇报，会议上，周恩来传达了毛主席1958年6月21日在军委扩大会议上的指示："原子弹就是那么大的东西，没有那东西，人家就说你不算数，那么好吧，我们就搞一点吧，搞一点原子弹、氢弹、洲际导弹，我看有十年功夫完全可能。"

周恩来说要在场区进行广泛宣传教育，并在场区写大字语录牌，但不要把大字写在地上，以防敌人从空中拍照。这次热核试验，将要实现我们伟大领袖毛主席对发展我国核武器事业上的英明预言和伟大号召。

在听取汇报中，周恩来严肃地说，基地于6月10日空投遥测弹情况的报告中说："均很正常"，伞有三处裂口，还能说"很正常"？缺乏科学态度，应为"较正常"。不要过分乐观，要实事求是……场区有的同志"有些经验主义"，这不行。必须认识这次试验的特点，并认真严肃对待，绝不能粗心大意。工作应精益求精，下定决心，排除万难去争取胜利。

周恩来详细询问了试验的安全防护工作。他说，对场区周围138公里至150公里的三个居民点，分别派出三个小组的"毛泽东思想宣传队"，并携带警报工具、通信器材，于"零"前发出警报，要居民留在房子里学习毛主席著作。在考虑沉降污染时，对场区以西地区，也要充分注意，要研究计算可能污染的地区剂量。要有意外情况时（地面西风、地爆等）的安全措施。总之，要非常关心人民的安全。

周恩来强调说，这次试验要更认真。现在看来，防止意外情况发生，很关键的是保证伞的强度和正常开伞。这个问题，必须认真严肃对待，全面考虑和检查。6月13日综合预演后，还要对产品总装认真地做全面检查，保证安全可靠。对遥测站消除干扰问题应进一步研究解决。对经常出现的示波器和相机卡片，也要重点检查。

6月13日，基地进行了全场预演，轰—6甲型飞机空投了一枚不带核装料，有引爆控制系统的"冷"弹，全面检查了各重要部位的可靠程度，使各作业人员进一步熟练了技术操作程序。

综合预演后，核试验基地已派员分赴距试验场区150公里以内的3个居民点，组织落实居民的防护工作；各级领导干部也分赴关键部位，并制定了发生地面核爆炸时，场区安全防护处置方案。

根据周恩来的要求，罗舜初与总参作战部等有关方面就万一发生意外情况时的安全问题进行了详细的研究，制定了具体的措施和方案。由总参作战部、总后勤部、国家卫生部、防化兵部、总参气象局和国防科委等有关单位组成安全防护工作组。兰州军区派一名领导人负责统一组织指挥甘肃、陕西、宁夏地区的安全防护工作。卫生部、总后勤部、防化兵部派人组成技术工作组，在兰州军区领导下开展工作；兰州军区在敦煌等地区开设了指挥所，组织指挥安全防护工作。为了紧急疏散居民之需，铁道部组织4列火车，于试验"零"时前在玉门哈密区间待命；总后勤部和国防科委抽调300余辆汽车集结在敦煌地区待命。卫生部、总后卫生部抽调50名医务人员组成的医疗队，已经从北京赶赴敦煌、安西、红柳园地区。

6月14日上午9时，聂荣臻来到西郊机场，叶剑英特意赶到机场送行。两位老战友用信赖的眼光互相凝望着，握在一起的手久久不愿松开。也许他们都明白，两人肩负的担子是何等地沉重。

叶剑英说："又辛苦你了。"

聂荣臻说："你在北京坐镇，担子也不轻。"

这是聂荣臻在八个月的时间里第三次去核试验基地。此行他正发着烧，是抱病执行任务的。随聂荣臻去核试验基地的周均伦秘书说："我们是上午9点钟从北京起飞，在空中飞了五个半小时，那时在飞机上看，一片黄土高原。我们坐的专机，专机上有一张床，聂帅可以睡在床上。那一次老师还发着烧，前几天温度38度多，走的那一天还37度多，稍微好一点，但这一次试验很重要，他亲自去了。"

下午1时50分，专机降落在马兰机场。

聂荣臻到了马兰机场，张蕴钰、李觉、郑汉涛、张震寰他们都到机场去接，当地的时间跟北京的时间相差了两个小时，到了那里，正

氢弹空投试验靶标。

好吃中午饭。周均伦回忆："吃完中午饭，聂帅第一个就要看降落伞。在氢弹空投以前，进行冷弹试验。用水泥弹模拟氢弹的重量，从高空往下投。往下投的时候，投一次还不行，要投几次。有一次投的时候，降落伞的一根吊带断了。这样，就可能偏离方向，引起很大的危险。在北京的时候，就报告了这个情况。聂帅特别重视这件事情，刘长明（聂帅办公室主任）、陈兆保（警卫参谋），还有我跟着他一起去检查。把原来坏的降落伞也放在那个地方，好的降落伞也放在那个地方（马兰礼堂）。聂帅问得很仔细。技术人员告诉聂帅，这降落伞有什么缺陷，不过他们把毛病找出来，现在都加固了，不会有问题。听了汇报以后，聂帅认为都比较可靠了，这才放心。"

晚上，聂荣臻不顾飞机上5个小时的颠簸劳累，听取国防工办副主任郑汉涛、张震寰、张蕴钰、李觉、朱光亚、陈能宽、程开甲等关于准备工作情况的详细汇报。刘长明主任回忆："在汇报当中有个问题，在氢弹上面有个垫片找不着了，原因就是工艺上不严格。他们告诉聂帅，已经采取了措施，不会有问题。聂帅听了以后，一再追问，详细了解情况，说相信采取了措施，绝对不会有问题。同时强调，不要小视这工艺，搞尖端武器，这工艺特别严格。这些问题不要看成是小事，出起事来会变成大问题。规程上的工序一道也不能少，少了一道工序，就是个教训。"

最后聂荣臻说："现在大家很累了，要注意很好休息。这次试验与过去不同，有质的变化，休息安排不好，工作是搞不好的。"

15日，聂荣臻又两次听取郑汉涛的汇报。16日下午，聂荣臻来到马兰机场，慰问在现场工作的科技人员。他认真观看了试验用的氢弹实物，登上执行空投氢弹任务的轰—6甲型飞机，并同机组人员一一握手，勉励他们说：

"这可不是一个一般的炸弹，一定按操作规程执行好任务，但也不要紧张。"

机组人员坚定地回答："请元帅放心，我们保证胜利完成任务。"

聂荣臻用力握住机组组长徐克江的手，不停地摇着说："好，好，我相信你们，相信你们！"

6月16日晚上，聂荣臻赶赴核试验场区，住到场区的开屏村，这里离指挥所约30公里。周均伦秘书回忆："我们赶到开屏村快到10点，但天还没有黑，我们在那里散步。那里蚊子特别多，特别厉害，我们每个人都戴着手套，脸上每个人弄一个纱罩。蚊子叮着人以后，人拨弄它，它都不飞，它非要咬人，除非把它打死。聂帅身体不好，到晚上温差很大，给他披着棉大衣。"

当天晚上，聂荣臻同张震寰、张蕴钰商量研究后，确定将试验"零时"定为17日8时，并在电话上向周总理作了报告，得到批准。

第二天凌晨7时，天还没亮，聂帅便乘车来到指挥所，指挥所设在距爆心西55公里的白云岗。到达指挥所时，天已破晓。早晨的天气很好，一片晴朗，仅在靶场上空飘浮着一片白云，确是试验的难得的好天气。试验场上，一切准备就绪，人们都怀着一种激动的心情，期待着即将发生的一切。

这时的马兰机场，更是笼罩着一种紧张和繁忙的气氛。轰—6甲型飞机静静地停在机坪上，机长、领航员、地面指挥员、调度人员都在做起飞前的准备工作。场站站长和政委亲自带领场站人员在机场周围担任警戒任务。

派往机场坐镇指挥的是基地张志善副司令和邓易非副政委。飞机起飞前，要完成折伞、伞弹安装等项工作。折伞工作是一项技术性、安全性都很强的工作。为了做好这项工作，专门成立了折伞小组，由九院、空军和基地三方人员组成，张志善副司令任组长。

在折伞厂房，操作人员以高度负责的精神和熟练的操作技术，认真对待每一个操作步骤，顺利地完成了折伞任务。然后，将伞运到氢弹贮存间，进行伞弹安装。接着，又做了认真细致的检查，确认万无一失后才运到飞机停放坪，按程序进行飞机挂弹。

一切准备就绪，只等飞机起飞。

担任这架飞机机长的徐克江告诉我们："那一天晚上我们都没睡觉。让提前睡觉，好好休息，可是在床上就是睡不着，一遍又一遍地想党把这么重大的任务交给我们，可不能出问题啊！4点钟，天还不亮我们就起床了，要做好各种准备工作……"

上午7时，担任空投任务的空军徐克江机组，驾驶代号为726的轰—6甲型飞机从马兰机场按时起飞。

飞机穿过一片薄霞，一双双戴着防护墨镜的眼睛久久仰视天空。

聂荣臻元帅始终站在参观场最高的山丘上。他不时地看看手表，又看看蓝天。

8时整，徐克江驾驶飞机进入空投区。

指挥员立即发出清亮而庄重的报时令："……5、4、3、2、1，起爆！"

半分钟后，仍无声响。

飞机在空中盘旋。

氢弹没有投下。

这架飞机上负责投弹的是第一领航员孙福长，他在接受电视片《共

空投氢弹爆炸之前。

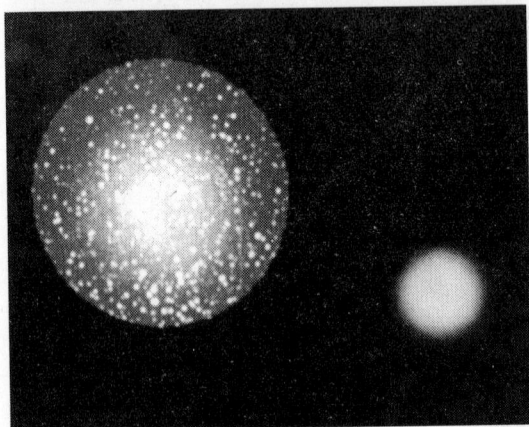

氢弹爆炸火球（右边的光球是太阳）。

和国之恋》摄制组采访时说：

"一是由于当时我的心情比较紧张，再加上受'左'的干扰，在飞机上要不断地背诵毛主席语录，影响了我的注意力，所以忘了按自动投掷器，氢弹没能在预定的8点准时投下……"

北京，中南海西花厅。周恩来从电话中得知这一情况，随即指示罗布泊指挥所：

"请告诉飞行员，要沉着冷静，不要紧张。"

机长徐克江要求再次投弹。

采访中，徐克江和当时在机场指挥塔上的于福海对我们谈起没投下的原因，他们说："其实大家都有点紧张，当时每人都有一张工作程序表，做一个动作划掉一项，同时报告一次，可是有一个忘了，大家都没听出来。飞机起飞时要先念一遍语录：'下定决心，不怕牺牲，排除万难，去争取胜利。'要求起飞，到飞机上可没时间念语录了……"

徐克江说："关键是要稳定大家的情绪，互相提醒，不能再紧张，不能再忘动作，我重点是协同、进入，保持高度；第二次一定要进入好，第二次是投下了……"

试验场地的上空出现了一个白色的圆柱体——这就是中国第一颗氢弹——它在湛蓝的天空中被高速飞行的飞机抛出，犹如蔚蓝色海洋中一个浮沉着的深水炸弹；它使劲地拽着降落伞，摇晃飘飞，滑行……越来越远，只剩下一个小小的白点。突然——白光！白光，无所不在的白光，亮彻天宇的白光！

就在人们因强烈的亮光稍稍眯了眯眼的刹那间，白光中现出了金色，犹如一个新生的更为壮观的太阳。

火球的上方渐渐出现了草帽形的白色云团，云团悠悠地旋着、旋

氢弹爆炸蘑菇云。

着，变成了一朵白色的蘑菇云。在这数十公里宽的蘑菇云的顶部，是墨黑色的穹庐……

由于爆炸震波受到了气层的反射折回地面，形成冲击波远区聚焦。在距爆点400多公里处都能听到连续不断的爆炸声，在爆点以西250公里处还能看到闪光火球和清晰壮观的蘑菇云，爆点以外420公里处也看到了火球，门窗受到震动。

从第一颗原子弹爆炸到氢弹爆炸，美国用了7年零3个月，苏联用了4年，英国用了4年零7个月；我国只用了两年多时间，以最快的速度完成了从原子弹到氢弹这两个发展阶段的跨越。

现在人们已经知道，美国1952年氢弹原理试验爆炸的是一个65吨重、三层楼房高的氢弹装置；苏联1953年爆炸的第一颗氢弹能用飞机空投，但爆炸威力只有40万吨。而我国这次试验，成功地实现了体积较小、重量较轻、聚变比较高的百万吨级氢弹的预期目标。这再一次证明，外国人能办到的事，中国人也一定能够办到，而且能够办得更好。

望着天空那朵巨大的蘑菇云，聂荣臻元帅欣慰地自言自语地说："300万吨，够了，够了。"

我国第一颗氢弹空爆试验成功，进一步打破了超级大国的核垄断，在世界上引起了极大的震惊。英国《星期日泰晤士报》评论说："这次爆炸肯定地使毛主席走在法国前面了。"

氢弹爆炸成功后，毛主席在接见军训会议代表时高兴地说："两年零八个月搞出氢弹，我们现在在世界上已是第四位。我们搞原子弹、导弹有很大成绩，这是赫鲁晓夫帮忙的结果。撤走专家，逼我们走自己的路，要发给他一个一吨重的勋章。"

从1964年到1980年，我国进行塔爆、地面、空中等方式的大气层核试验共23次。同美国215次、苏联219次、法国50次相比，我国大气层核试验次数是最少的。

每当蘑菇云从罗布泊升起，我国政府都郑重宣布：中国进行必要而有限制的核试验，发展核武器，完全是为了防御，为了自卫，为了保卫世界和平，为了打破核讹诈和核威胁，防止核战争，最终消灭核武器。中国在任何时候、任何情况下都不会首先使用核武器。直到今天，在有核国家中，只有中国作出了这庄严的承诺。

周恩来总理强调："中国不主张搞几百次核试验。因此我们的核试验都要从军事、科学、技术的需要出发，做到一次试验全面收效。"

美国和苏联都曾在核试验中举行大规模军事演习。我国为锻炼部队的指挥和作战能力，也多次组织战术分队来核试验场进行训练。

为了观察和研究核武器杀伤破坏因素的作用特点、毁伤效果及其变化规律，先后有各军兵种和有关部委共10万多人次到核试验场进行效应试验研究，积累了大量数据和经验。

1999年5月，在中国停止大气层核试验十几年之后，我们在北京的一个会议室参加了一次各个效应单位代表的会议。主持人说："上次十个效应大队的会议是1980年在罗布泊指挥部开的，离今天快20年了。现在点名：一大队、二大队……"一个个白发苍苍的老兵站起来响亮地回答："到！"望着这些曾在蘑菇云下奋战过的前辈和战友，我们心中涌起阵阵热流。正是他们，在被称作生命禁区的核试验场踏出了一条生命之路。

从飞机、军舰、坦克、大炮到地铁、楼房、种子、药品，各种各样的军用装备和生活用品都曾被放在这广阔的荒原上，接受光辐射、冲击波、早期核辐射等杀伤作用的严酷检验。

在核爆炸瞬间，布放在核爆心周围地面上的效应物被严重毁伤，坦克被肢解，几十吨重的火车头被掀翻……

而在采取了相应防护措施的地下工事中，动植物却安然无恙，母鸡下了蛋又孵出了小鸡，种子也照样发芽生长……

从第一次核试验起，我们党和政府就十分重视安全问题，坚持不懈地认真组织每次试验中的安全防护工作，制订了周密的安全防护制度，不仅严格控制进入污染区的人数并进行剂量监督，确保了场区作业人员的安全，对核试验场外的放射性烟云尘降，也进行了地面监测、空中取样和烟云走向的预测预报，做到了万无一失。据卫生科研部门20多年调查、比较，证明我国核试验从未对场外居民造成放射性危害。

80年代，中国停止大气层核试验，转为只进行地下核试验，并先后掌握了中子弹设计技术和核武器小型化技术；1996年7月29日，在成功地进行了又一次地下核试验之后，中国宣布从1996年7月30日起暂停核试验。中国先后共进行地下核试验23次，与美、苏相比，也是次数最少的。

# 十四

毛主席说八公里也了不起；
周总理嘱咐一颗螺丝钉也不能放过；
每个电线杆下都站着一个民兵。

1965年5月，"文革"动乱高潮中，将卫星研制列入国家计划。

1966年11月，聂荣臻要求导弹试验基地接管卫星地面观测台、站的筹建工作。

1970年4月24日21时48分，东方红乐曲响起在太空。

在中国突破原子弹、氢弹技术的同时，随着高科技的迅猛发展，世界大国激烈较量和竞争由陆地扩大到太空。

苏联在1957年10月4日，发射了第一颗人造地球卫星之后，在1961年4月用宇宙飞船把宇航员加加林送上太空，又于1971年4月19日把第一个载人空间站"礼炮一号"发射升空。

美国在1958年1月30日发射了一颗卫星，从1961年5月开始实施"阿波罗"登月计划，于1969年7月20日用宇宙飞船把两名宇航员送上了月球。

中国是古代火箭的故乡，自古以来不仅有"嫦娥奔月"的美丽神话和"飞车"、"飞船"的传说，而且明代就出现过"火箭载人"飞行的先驱者。

毛主席1958年发出"我们也要搞人造卫星"的号召后，聂荣臻便于5月29日召集部分航委委员开会，听取了钱学森关于五院与中国科学院协作分工，以及研制与发射探空火箭、人造地球卫星、洲际弹道导弹的设想意见的汇报。在讨论时，钱学森提出了研制卫星要分三步走，第一步研制探空火箭，第二步以中远程运载火箭，发射第一颗卫星，第三步以原子能为动力的火箭，发射性能更先进更重更大的卫星。

聂荣臻同意钱学森所谈的关于五院与中国科学院协作搞人造地球卫

星的意见，也同意钱学森提出的分三步走的方案，由五院负责研制探空火箭，中国科学院负责卫星本体的研制工作。

6月初，聂荣臻患眼疾，住院治疗。6月9日，安东来医院探望他，他问起研制人造卫星的安排落实情况，说："我很关心这件事，希望你再找五院、科学院、一机部等单位开个会，赶快把力量组织起来，各就各位，开始工作。"

按照聂荣臻的要求，8月份，中国科学院成立了"中国科学院581小组"，负责协调和计划研制人造地球卫星的工作。所谓"581"，表示研制卫星是中国科学院1958年的头号任务。由钱学森任组长，赵九章、卫一清任副组长。但限于我国当时的技术条件，这项工作开始时主要进行理论上的研究。

当时计划筹建卫星运载火箭及总体、卫星控制系统、卫星探测仪器及空间物理3个研究设计院。因种种原因，这个计划当时没能实现。

8月20日，在聂荣臻签署的向中央上报的《关于十二年科学规划执行情况的检查报告》中，正式提出了研制人造卫星的建议。这是吵嚷了半年多来，第一次在上报中央的正式文件中提出卫星的事。报告上说：

"发射人造地球卫星，将使尖端科学技术加速前进；开辟新的科学技术研究工作的领域，为导弹技术动员后备力量。同时，大型的卫星上天是洲际弹道导弹成功的公开标志，是国家科学技术水平的集中表现，是科学技术研究工作向高层空间发展不可少的工具。围绕人造地球卫星的研究，一系列工作将被带动起来。其中包括：高能燃料、耐高温合金和精密机械加工技术的发展、利用能源发电的新技术、无线电电子学、应用数学和电子计算技术等。人造地球卫星首先成为高空物理研究工作的一个有力工具……将成为高空中生物研究和开展星际航行探索工作的前奏。实施的步骤：首先发射探空火箭，展开高空物理研究工作，解决遥控、遥测技术和观察中的一系列问题。"

此后，中国科学院加快了成立卫星运载火箭及总体设计院的工作。同年11月，为充分利用上海的科研力量，经聂荣臻批准，这个院迁往上海，组建了中国科学院上海机电设计院，专门从事人造卫星的研制工作。

1959年1月上旬，聂荣臻到上海主持第一次全国地方科技工作会议。他在会上多次鼓励上海的科技界和国防科研单位，要大力支持中国科学院搞好探空火箭和人造卫星的研制工作。

上海地方科技工作会议后不久，张劲夫传达了邓小平、陈云的指示：现在拨巨款研制人造卫星，与国力不相称，要调整空间技术研究任务。

据此，张劲夫提出，科学院的近期研制方针是，集中力量搞探空火箭。

聂荣臻表示，完全同意邓小平、陈云的指示和中国科学院的近期方针。目前，确实出现了科研战线拉得太长的情况，某些项目收缩一下，对集中力量研制导弹、原子弹是有好处的。搞探空火箭，本来就是我们研究人造卫星的第一步任务，今后就要在研制探空火箭方面做扎实、细致、艰苦的工作。

此后，中国科学院上海机电设计院在王希季等科技人员的艰苦努力下，在研制探空火箭方面取得了可喜的成绩。1960年2月，他们自行研制成功了"T－7M"型液体探空火箭，火箭直径只有250毫米，起飞重量190公斤，发射高度8公里。

5月28日，毛主席在上海观看这种探空火箭时关切地问："火箭可

毛泽东参观探空火箭。

1960年5月28日，毛主席在上海观看这种探空火箭时关切地问："火箭可飞多高？"

讲解员答："能飞8公里。"

毛泽东说："8公里也了不起，应该8公里、20公里、200公里地搞上去。"

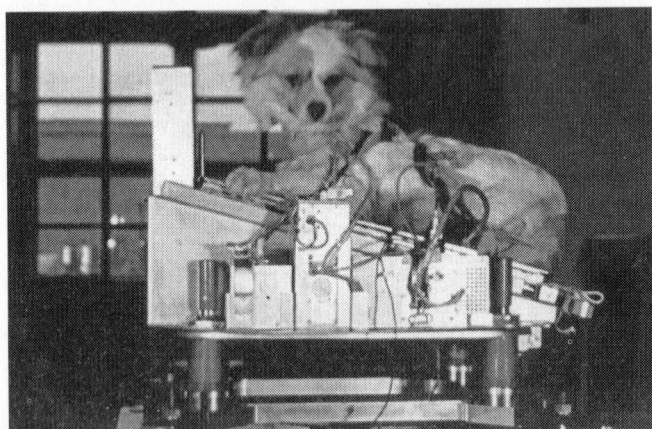

乘运载火箭首次飞上太空的小狗"小豹"。

我国曾发射了两枚生物实验火箭，分别把雄性小狗"小豹"、雌性小狗"珊珊"送上高空，并安全返回、成功回收。图为"小豹"。

飞多高？"

讲解员答："能飞8公里。"

毛泽东说："8公里也了不起，应该8公里、20公里、200公里地搞上去。"

我国科技工作者始终关注着世界上空间技术的新发展。从1961年6月开始，中国科学院在3年中召开了12次学术会议，科学家们纷纷发表意见，为我国自己的人造地球卫星早日上天献计献策，并在空间科学技术单项课题研究和试验设备研制方面取得了一批成果，为我国人造卫星的研制打下了良好的基础。

1964年，中国的地对地弹道导弹、原子弹先后炸响，震惊世界。沉默了许久的卫星，又提到了议事日程上。

1965年初，著名地球物理学家赵九章，向周恩来递交了一份关于尽快规划中国人造卫星问题的建议书，引起周恩来的关注。

差不多与此同时，钱学森也写了一份建议书，建议我国暂停研制的人造卫星，应该重新上马。

钱学森写道：

自苏联1957年10月4日发射第一颗人造卫星以来，中国科学院和国防部第五研究院对这些技术都有过一些考虑，但未作为一项研制任务。现在看来，弹道导弹已有一定基础，如进一步发展，即能发射携带仪器的卫星，计划中的洲际导弹也有发射人造卫星的能力。工作是艰苦复杂的，必须及早开展有关研究，才能到时拿出东西。因此，建议早日主持制订研究计划，列入国家计划，促其发展。

1965年2月初，聂荣臻看过钱学森写的报告之后，作出如下批示：

　　我国导弹必须有步骤地向远程、洲际和人造卫星发展，这点我一直很明确。人造卫星早就有过考虑，但过去由于中程弹道式导弹还未搞出来，技术力量安排上有困难，所以一直未正式提出这个问题。钱的这个建议，我意，请张爱萍邀钱学森、张劲夫等有关同志及部门座谈一下，只要力量上有可能，就要积极去搞。步骤上，还是先把中程导弹搞出来，作为运载工具。头部（卫星）要与中国科学院结合起来，充分利用地球物理所及搞探空技术的力量。如何分工，请在座谈会上研究一下。可考虑卫星以中国科学院为主进行研制。

　　根据聂荣臻的意见，国防科委组织力量对研制卫星进行了可行性论证，并将论证结果报告给中央专委。

　　1965年3月，在张爱萍的主持下，国防科委召开了发展我国人造卫星的可行性座谈会，张劲夫、钱学森、孙俊人、赵九章、吕强等30余位专家学者出席了会议。会上，与会者对发射人造卫星的必要性和可行性进行了充分的讨论，并对运载工具的选择及卫星的重量问题也进行了初步的分析。最后一致认为，现在技术基础已经具备，研制和发射卫星在政治上、军事上和科技上都有重要意义，应该统一规划，有步骤地开展卫星工程的研制。

　　5月初，中央专委批准了国防科委的报告，将研制卫星列入国家计划。

　　7月2日那天，聂荣臻专门听取张劲夫、张震寰的汇报，内容是中国科学院提出的发射第一颗人造卫星的方案。

听完汇报后，聂荣臻说："研制、发射人造卫星是个很复杂的任务，要很好地分工。卫星本身真正代表了一个国家的科学尖端，它过了关，可以带动一系列技术的发展。运载火箭及其第三级火箭还是由七机部研制。"

他又说："我国的第一颗卫星能发射上天，能听到、看到，考验了运载工具和探测仪器就不错了。为抓好研制、发射人造卫星这项工作，需要组织一个专门的委员会或小组，下设一个业务局做具体工作。我国究竟需要发射一些什么型号的卫星，要很好论证、研究。型号不要太多。……西北导弹试验基地将来要成为一个基本的卫星发射试验基地，搞一些可以移动的测量设备，搞一些临时的或辅助的试验基地。"

半个月以后，聂荣臻在听取七机部领导王秉璋、钱学森等人汇报时，又谈到了卫星的问题。他说，如果运载工具1969年能搞出来，1970年放人造卫星是可能的。

他又说，人造卫星的研制由中国科学院担任，这个担子已不轻。运载工具包括第三级火箭，应由七机部搞。第一颗人造卫星不必搞什么更多的科学探测，只要放上去，送入轨道，能转起来，听得着，看得见，就行。成功后，再搞通信、侦察、气象等卫星。

他还说，"大跃进"时，谁都要搞上天的，各搞各的型号，事实教训我们，上天不是那么容易，各搞各的是不行的。

多年以来，聂荣臻一直反对各搞各的，提倡集中力量，形成拳头，搞大协作。搞卫星，他仍然是这个观点。

随后，中国科学院上报了卫星研制规划。

8月2日，中央专委会第12次会议批准了这个报告。专委会对中国第

技术人员正在对中国第一颗卫星"东方红一号"进行组装。

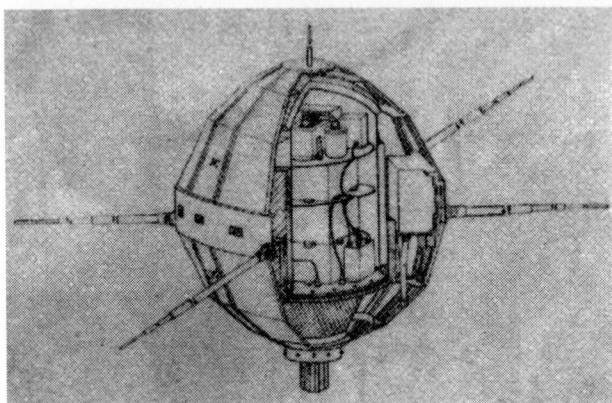

"东方红一号"卫星结构图。

一颗卫星提出的要求是：必须考虑政治影响。我国第一颗卫星应该比苏美第一个卫星先进，表现在比他们重量重，发射机的功率大，工作寿命长，技术新，听得见。

中央专委会还确定了中国发展人造卫星的方针：由简到繁，由易到难，从低级到高级，循序渐进，逐步发展。并对卫星工程作了明确分工：整个卫星工程由国防科委组织协调；卫星本体和地面测控系统由中国科学院负责；运载火箭由七机部第八设计院负责；卫星发射场由国防科委试验基地负责建设。

这样，中国的第一颗人造卫星便开始进入了工程研制阶段。为全国协作方便和保密起见，再加上提出搞人造卫星建议的时间是1965年1月，于是，中央专委确定，把搞人造卫星的代号定为"651"任务。

9月，中国科学院组建了卫星设计院，由赵九章任院长。中国的第一颗卫星定名为"东方红一号"。

中国人造卫星的研制工程，终于正式起步。

而正当我国航天工程进入研制攻关阶段时，"文化大革命"开始了。

人造卫星工程的研制受到很大干扰。聂荣臻那时候紧紧盯着"两弹结合"试验，盯着氢弹，除此之外，他还盯着核潜艇和卫星。搞"两弹结合"试验成功后，他到马兰核试验基地视察，离开马兰，他没有直飞北京，而是和张震寰、钱学森等人一起，又回到了酒泉。

时间是1966年11月17日。他这次来，是专门为了卫星来的。

导弹试验基地的领导李福泽、栗在山、张贻祥等，起初不明白聂荣臻他们为什么又来这里。聂荣臻说："我这次来，是有件要紧事和你们商量。"

聂荣臻说的要紧事，就是卫星的事。聂荣臻告诉他们：现在科委机关和北京的研究院都乱了，为了不影响整个卫星发射试验的进度，卫星地面观测台、站的筹建工作要交给你们基地管。我回北京后，让总参发个文件，各个台站的工程建设由各大军区组织实施，站址勘选、设备安装、业务工作都由你们负责。你们要抽出技术骨干，到各个台站负责技术工艺性建设和设备安装。科学院的"七零一工程处"现在已无法正常运转，也要交给你们。你们可以先做些准备工作。

听聂荣臻说完，李福泽不禁面露难色，他老老实实地说出了基地的难处："聂老总，这方面的工作，难度非常大，科学院的'七零一工程处'又属于地方单位，任务协调、人员管理比较复杂，让基地来接管是很困难的。"

钱学森着急了，说："科学院的人现在正忙于搞'文化大革命'运动，北京没法安安静静地搞，照目前这个样子，卫星的事，恐怕一年半载都难以走上正轨。"

聂荣臻对李福泽说："你们先吃后吐嘛。这也是没有办法的办法。先接收过来再慢慢消化吧。不管现在遇到了多大的困难，我们的人造卫星发射试验一定要如期实施。现在再不抓紧卫星观测台站的建设，就赶不上了。"

1967年2月至10月，西北导弹基地副参谋长乔平率领由基地和中国科学院、北京工业设计院、北京邮电设计院等单位有关人员组成的勘察组，先后在全国进行了大规模的勘察，确定了各卫星地面观测站的站址，并确定将陕西渭南作为基地卫星测量部（第六试验部）所在地。

1967年6月23日，西北导弹试验基地成立了卫星测量部，统一负责全国卫星测量台、站的规划、建设及建后的使用管理。

此后，西北导弹试验基地正式接管了中国科学院的"七零一工程处"，并编入基地设在陕西渭南的第六试验部。至此，从事卫星测控研究和从事火箭、导弹靶场测控工作的两支队伍汇集在了一起。在混乱的年代里，开始了卫星测量控制网的建设。

从1967年底到1970年初，在不到两年半的时间内，就建立起能适应第一颗卫星测量跟踪任务的地面观测网。

电子学家陈芳允1957年就参与组织全国对苏联第一颗卫星的跟踪观测，10年后，他和著名光学家王大珩等专家一起，提出了建立我国卫星地面观测网的意见。

同时，毛主席先后批准聂荣臻的建议，对国防工业部门的科研院所实行军管；把中国科学院的有关国防科研机构列入军队编制，使两弹一星事业得以在动乱中继续进行下去。

1967年5月，聂荣臻听取钱学森等关于组建空间技术研究院问题的汇报时指出："科研机构要精干，工作要紧张，不要人浮于事。电子技术，是各军兵种、研究院都需要的，都要各自做些研究工作。"

1968年2月，空间技术研究院正式成立，由钱学森兼任院长。钱学森推荐37岁的孙家栋负责卫星总体设计工作，随后又调来戚发轫等18名技术骨干。广大科技人员忍辱负重，殚精竭虑，在极其艰难的处境中坚持科研攻关。

1970年1月，中远程导弹发射试验成功，证明我国已经具备了发射卫星的运载能力。为确保"东方红一号"卫星按计划上天，空间技术研究院的科技人员在没有良好空调和防尘的总装车间，装配调试出一颗颗正样卫星；利用容积较小、缺乏太阳模拟器的热真空室，完成了空间模拟试验；利用楼顶及自制简易微波暗室，完成了卫星天线性能试验。

安装火箭整流罩。

关于卫星，当时担任国防科委副主任的刘华清回忆说：

> 70年代第一个春天，我国第一颗人造卫星发射成功，叫
> "东方红一号"。这是中华民族聪明智慧的体现，但却被说
> 成是"文化大革命"的"伟大成果"。实际情况正好相反，
> 正是"文化大革命"给"东方红一号"带来许多不应有的困
> 扰和麻烦。
>
> 我不懂卫星，也不管这项工作。到了1968年，"东方红一
> 号"卫星的研制遇到了问题，各分系统文齐武不齐，不协调不
> 配套。为了保证1970年发射，空间技术研究院领导和设计人员
> 在原方案基础上进行了合理的修改，但这一修改方案却找不到
> 拍板的人。五院总体主任设计师孙家栋拿着方案找到我，孙家
> 栋说话很直率：你懂也得管，不懂也得管。你们定了，拍个
> 板，我们就可以往前走。
>
> 听了他们的汇报，问了有关情况，我心想，这事不能拖，
> 总得有人承担责任。便对他说："技术上你负责，其他问题我
> 负责，我拍板。"
>
> 这个时期，七机部也没有什么人管事了。关于"东方红
> 一号"卫星的事，后来我又听过一次机关汇报，也到现场看了
> 看。卫星方案的若干修改和简化我就拍板定了。我当时强调，
> 最后总体决策还要向党中央、周总理和聂帅报告。我把卫星方
> 案修改和简化情况报告了聂帅，聂帅也批准了。卫星计划才得
> 以进行下去。回想起来，当时这么干，除了有一种强烈责任感
> 外，也有一点儿傻大胆的味道。

转运中的运载火箭。

1970年4月1日，装载卫星和火箭的专列到达酒泉卫星发射场。

4月2日，周恩来总理又一次听取卫星发射准备情况的汇报。许多人至今仍然记得，在人民大会堂江苏厅，年过古稀的周总理趴在地毯上，和科技人员一起查看图纸，测算卫星飞经世界各大城市的时间，他亲自将非洲国家的一些首都写在预报方案中，让这些国家的人民也能看到中国的卫星。

1970年4月16日，周恩来批准卫星及运载火箭转往发射阵地。

16日深夜，周恩来对国防科委副主任罗舜初叮嘱说：在发射现场要一丝不苟地检查，一颗螺丝钉也不能放过。

"两弹一星"事业是全民族的事业，大漠深处的每一次腾飞，都凝聚着千百万人的奋斗和创造，都离不开全国人民的支援协同，在"长征一号"运载火箭的研制中，参加研究、设计、生产和试验的单位就达500多个。第一颗卫星发射的时刻，仅守卫通信线路的群众就达60万人。在以酒泉卫星发射基地为中心，遍及全国的卫星测控网上，每一根电线杆下都站着一个值勤的民兵。

1970年4月24日凌晨，毛泽东批准发射。

21时34分，发射指挥员杨恒下达了"一分钟准备"的口令。

21时35分，发射控制台操纵员胡世祥按下了发射电钮。

21时48分，星箭分离，卫星入轨，东方红的乐曲从太空传遍了世界。

当晚，周恩来总理乘飞机到达广州。第二天，他在由越南、越南南方、老挝、柬埔寨领导人召开的"三国四方会议"上宣布："为了庆祝这次会议的成功，我给你们带来了中国人民的一个礼物，这就是昨天中国成功地发射了第一颗人造地球卫星。"

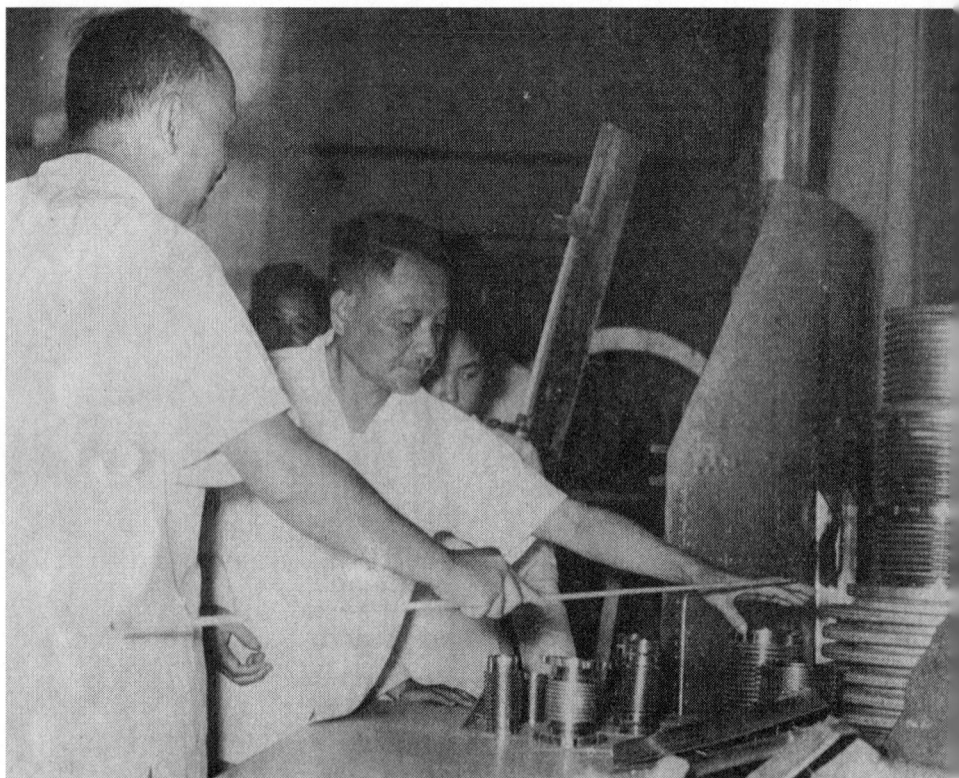

邓小平参观运载火箭。

当4月28日晚卫星飞经香港上空，人们扶老携幼、成群结队地涌到山头、海岸争相观看。

"东方红一号"卫星遨游太空，为我国欢庆70年代第一个"五一"国际劳动节增添了喜悦的气氛，在节日的天安门城楼上，毛主席、周总理接见了钱学森、任新民、戚发轫、王盛元等研制和发射卫星的代表。

中国成为世界上第五个发射卫星的国家，中华民族千百年来的飞天梦想终于变成了现实。中国从1970年发射第一颗人造卫星以来，截至2000年1月26日，已有9种长征系列型号的火箭进行了60次卫星发射。在激烈竞争中，中国航天走向世界，成功地发射了亚星、澳星、铱星，在国际航天领域占有了一席之地。

中国第一颗人造卫星上天后，中央广播事业局送给毛主席两盘遥测信号和《东方红》乐曲的原始录音带，这珍贵的记录一直伴随着毛主席最后的岁月。

1971年，联合国恢复了中国被剥夺长达22年之久的合法席位；1972年，美国总统终于从大洋彼岸来和中国领导人握手了。

1974年，邓小平出席第六届联大特别会议，新中国的领导人第一次名正言顺地站在联合国的讲台上。后来我国这位改革开放的总设计师语重心长地说：

> 如果六十年代以来中国没有原子弹、氢弹，没有发射卫星，中国就不能叫有影响的大国，就没有现在这样的国际地位，这些方面反映一个民族的能力，也是一个民族一个国家兴旺发达的标志。

航天老总们：吴朔平、梁守槃、蔡金涛、屠守锷、孙家栋、黄纬禄、杨家墀、王希季（从左往右）。

1992年春，邓小平又一次动情地说起"两弹一星"：

　　大家要记住那个年代，钱学森、李四光、钱三强那一批老
科学家，在那么困难的条件下，把'两弹一星'和好多高科技
搞起来……

1999年9月18日，中共中央、国务院、中央军委在人民大会堂隆重
举行表彰为"两弹一星"做出突出贡献的科技专家大会，江泽民主席亲
手为"两弹一星"功臣挂上金质奖章。

的确，我们应该记住那个年代，记住那些为中国"两弹一星"事业
建立不朽功勋的英雄们。

在呕心沥血的奋斗中，一批老一辈科学家和将帅献出了毕生的精
力，无悔的人生凝固成一尊尊永恒的雕像。

在舍生忘我的拼搏中，许多科技人员、工人和士兵牺牲了年轻的生
命，美好的青春铸成了大漠丰碑。

成千上万的奉献者几十年如一日兢兢业业、默默无闻地奋战在自己
的岗位上。

正是这些普普通通的创业者一代又一代的艰苦奋斗，托举着祖国的
和平盾牌，使中国的声音在世界上更有分量。

"两弹一星"的成功，是新中国建设成就的重要象征，是中华民族
的荣耀与骄傲，也是人类文明史上的一个勇攀科技高峰的空前创举。

"两弹一星"的成功，培养和造就了一支具有较高水平的优良作风
的科技队伍，促进了国家科技进步和现代工业的发展。

"两弹一星"的成功，使我国建立起一支精干有效的核自卫力量，

增强了国防实力，提高了国际地位，为我国经济建设和人民的和平生活提供了可靠的安全保障。

"两弹一星"的成功，书写了中华民族振兴史上最辉煌的篇章，对中华民族在当代世界的前途和命运产生了决定性的影响。

伟大的事业产生伟大的精神。在为"两弹一星"事业进行的奋斗中，广大研制工作者培育和发扬了一种崇高的精神，这就是热爱祖国、无私奉献；自力更生、艰苦奋斗；大力协同、勇于登攀的"两弹一星"精神。"两弹一星"精神，是爱国主义、集体主义、社会主义精神和科学精神的活生生的体现，是中国人民在20世纪为中华民族创造的新的精神财富。

"这是决定命运的！"抚今追昔，中国人再一次怀念毛泽东主席当年的教诲，更觉振聋发聩、寓意深远。在新中国六十多年的光辉历程中，"两弹一星"是让我们永远为之自豪的伟大成就。

（京）新登字083号

图书在版编目（CIP）数据

核盾牌：国家最高决策：1949～1996 / 彭继超，伍献军著；
陈书元等摄. —北京：中国青年出版社，2012.12
ISBN 978-7-5153-1368-9

Ⅰ.①核… Ⅱ.①彭… ②伍… ③陈… Ⅲ.①纪实文学-中国-
当代 Ⅳ.①I25
中国版本图书馆CIP数据核字（2012）第296624号

责任编辑：耿妍丽
装帧设计：瞿中华

出版发行：中国青年出版社
社址：北京东四12条21号
邮政编码：100708
网址：www.cyp.com.cn
编辑部电话：（010）57350503
门市部电话：（010）57350370
印刷：三河市世纪兴源印刷有限公司
经销：新华书店

开本：700×1000　1/16
印张：19.75
插页：4
字数：200千字
印数：1-7000册
版次：2012年12月北京第1版
印次：2012年12月河北第1次印刷
定价：34.00 元

本图书如有印装质量问题，请凭购书发票与质检部联系调换
联系电话：（010）57350337